ハーレクイン文庫

結婚の過ち

ジェイン・ポーター

村山汎子 訳

HARLEQUIN
BUNKO

MARCO'S PRIDE

by Jane Porter

Published by Harlequin Japan, a Division of K.K. HarperCollins Japan, 2025

結婚の過ち

◆主要登場人物

ペイトン・スミス・ダンジェロ……………ファッション・デザイナー。

ステファノ・ボルジアーノ公爵……………ペイトンの亡父。

マルコ・ダンジェロ……………………………ペイトンの元夫。ファッション・デザイナー。

ジア、リヴィア………………………………ペイトンとマルコの双子の娘。

ピエトラ…………………………………………ジアとリヴィアのベビーシッター。

プリンセス・マリリーナ・ボルジアーノ……マルコの婚約者。

プロローグ

「彼女に結婚式を台なしにされてたまるものか」マルコ・ダンジェロの声がミラノ・サロンの高い天井に響いた。彼が声を張りあげることはめったになく、華麗なサロンの奥で仮縫いをしていたお針子やモデルたちがいっせいに振り返った。

プリンセス・マリリーナがマルコの腕にそっと手をかけた。「彼女は結婚式を台なしにはしないわよ、ダーリン。式は数カ月も先でしょう」

「あと二カ月半だ」春の新作コレクションの一週間後に二人は式を挙げることになっている。

「今からあれこれ心配しても仕方がないと思うわ。物事にはつねに解決の道があるものよ」プリンセスは冷静そのものだ。

マルコはそこまで確信が持てなかった。角張った顎を引きつらせ、濃い眉をひそめてマリリーナの白魚のような手に視線をやり、一カ月ほど前に彼が贈ったみごとな婚約指輪を見つめた。

小粒のサファイアをまわりに配した三カラットのマーキーズ・カットのダイヤの指輪は、彼が行方を追跡して手に入れたものだ。マリリーナの父、ステファノ・ボルジアーノ公爵が二十五年前に売らざるをえなくなるまで、その指輪は三世紀にわたってボルジアーノ家が所有していた。

貴族のボルジアーノ家が没落するのとまさに時を同じくして、ダンジェロ家の名声は高まっていった。だが今のマルコは幸せな気分とはほど遠かった。新作コレクションに対する想像力とインスピレーションの欠落に、悩みは尽きない。

マンネリ化だ。それはファッション業界では死よりも悲惨な運命にあうことを意味している。ただちに独創的な案がひらめかないと、春の新作コレクションは失敗に終わるだろう。

しかも、別れた妻が今ごろになってなぜミラノへやってくるのか、その真意がわからない。「ぼくは彼女を信用していない」しばらくしてマルコは低いざらついた声で言った。「ペイトンはいつだって自分のことしか頭になかった」

「今回の訪問は単なる休暇だと、彼女は言ってるんでしょう?」

マルコは視線を上げ、マリリーナの落ち着いたまなざしをとらえた。彼女の目は実にすばらしい。その黄褐色の瞳は、つややかな黒髪や黒いまつげと完璧《かんぺき》な対照をなしている。

ミラノのトップデザイナーであるマルコは魅力的なモデルたちと毎日仕事をしているし、

二十年近く数々の美しい女性たちのドレスを手がけてきた。しかしプリンセス・マリリーナ・ボルジアーノの美貌《びぼう》は抜きん出ている。

きつく引き結ばれていた唇がゆるんだ。「なぜそこまで物分かりがよくなれるんだ?」たばこをとりだそうとポケットに手を入れたところで、マルコは禁煙すると彼女に約束したのを思い出した。

非常に女らしいしぐさでマリリーナは華奢《きやしや》な肩をすくめた。「ペイトンは脅威ではないからよ」彼の眉がアーチ形に弧を描くのをとらえ、真っ赤な唇の端を上げてほほ笑む。「わたしたちは長いつきあいよ、マルコ。いろんなことを一緒にしてきたわ。理解しあっているし、何を求めているかお互いにわかっている。あなたの最初の結婚とは違うわ、そうでしょう?」

まったく違う。ふたたびかんしゃくを起こしそうになり、マルコは奥歯を嚙《か》みしめた。一年九カ月の短い結婚生活のことは思い出したくもない。それはまさに災難だった。

いや、悪夢だ。

マリリーナは爪先立ってマルコの唇に軽くキスをした。「そんな怖い顔をしないで、ダーリン。彼女も長くはいないでしょうし、娘たちを連れてくるんでしょう。あなたが子供たちといい関係でいたいのはわかっているわ」

「それは昔の話だ。彼女があの子たちを人質にとって、ぼくに逆らうのに利用するまでの。

かつてはぼくの娘だったかもしれないが、今はそうじゃない。ペイトンはそれを見越していたんだ」

マリリーナはやんわりと笑った。「違うわ。今でもあなたの娘よ。あなたは二人を心から愛しているわ。会えなくて寂しい思いをしているのはわかっているわよ」

ふいに熱い塊が喉をふさぎ、マルコはごくっと唾《つば》をのみこんだ。幼い娘たちに会えなくて、どんなに寂しかったか。あまりの寂しさに気分が悪くなるほどだった。「親権を得るためにぼくが告訴することはペイトンも承知している」いっとき間を置いて彼は言った。「子連れで戻ってきたら、あの子たちをふたたびこの国から連れだすのが難しくなるのはわかっているはずだ」

マリリーナは小首をかしげた。「だとしたら、なぜ子供たちを連れてくるのかしら」

なかなかいい質問だとマルコは思った。まさに的を射た質問だ。

1

死と税金。人生で確実なのはその二つだけだ。死と税金……。

空港のベルトコンベヤーの上の手荷物のように、その言葉がペイトンの頭のなかでぐるぐるまわっている。

額にたれた赤い巻き毛を彼女はけだるそうに片手で払いのけた。搭乗したときはきちんと束ねてあったが、十五時間の空の旅を経て今ではほつれ毛があちこちから飛びだしている。

黒いスーツケースが手荷物シュートをすべりおりてきた。名札を確かめようとペイトンは幼い娘を抱いたまま慎重に身をかがめた。

名前が違う。彼女のではなかった。

上体を起こし、腕に抱いたジアの寝顔を見下ろす。ふっくらした頬には涙のあとが残っている。サンフランシスコで搭乗してからニューヨークのラガーディア空港で乗り継ぐあいだのどこかで紛失したお気に入りの毛布を求めて、何時間も泣きつづけていたのだ。

楽な空の旅ではなかった。

楽な一カ月ではなかった。

楽な人生ではなかった。

ペイトンは高ぶる感情を静めた。今は考えないほうがいい。考えると、あらゆることがますますもって悪く思えてくるだけだから。

彼女はすばやくリヴィアに視線をやった。「大丈夫、リヴ?」ジアの双子の姉にほほ笑みかける。

三歳の娘は逆さまにしたチャイルドシートの上にちょこんと座り、お気に入りの毛布を腕に抱えて親指をくわえている。

リヴィアは生まじめな顔でうなずいた。ダークブルーの瞳はペイトンの目と同じように暗く陰っている。双子は母親のハート形の顔と小作りのまっすぐな鼻、ダークブルーの目を受け継いでいた。しかし、黒い巻き毛とオリーブ色の肌、長く濃いまつげは父親譲りだ。

マルコのことを思ったとたん、ペイトンの胸は締めつけられた。自分のしようとしていることが信じられない。二年前にミラノを去ったとき、死んでも戻るまいと心に誓ったのに。

ペイトンはまばたきして涙をこらえ、ベルトコンベヤーに注意を向けた。もはや泣き虫の小娘ではないけれど、疲れきっていた。疲れすぎると涙腺《るいせん》もゆるむらしい。

去年は大変な一年だった。でも、今月と比べたらいかほどのものでもない。今月は地獄の苦しみだった。四週間、毎日が恐怖と不安と自己分析の連続だった。

そしてついに恐れていた事実を眼前に突きつけられた。母親が病気だとしたら、この子たちには父親が必要だ。

腕のなかでジアが身じろぎし、黒いまつげがぱっと上がった。「あたしの毛布ちゃんが欲しい」さんざん泣いたせいで声がかすれている。

ペイトンは娘の後頭部を手で支えた。「わかっているわ」

ジアの目からみるみる涙があふれだす。「今欲しいの！」

ジアの痛々しい泣き声に、ペイトンは苦痛をおぼえた。自分が役立たずに思えてならない。どこへ行くにも子供たちは必ず毛布を持参した。どこかに置き忘れることなど考えられなかった。これまで一度もなかったのに。「わかっているわ。でも今は無理なのよ」

「やだあ！」

泣き声が手荷物受取所に響きわたった。ペイトンはジアの頬にキスをして優しく揺すった。「すぐにとり戻してあげるわ、約束する」

それでもジアは泣きやまず、リヴィアまでがむずかりだした。

ベルトコンベヤーが急に停止した。

今ではほんの数個のスーツケースがのっただけのコンベヤーをペイトンは見つめた。作業員が残った荷物を回収してカートに積みはじめている。

子供たちの鞄《かばん》と二つのチャイルドシートはあったが、ペイトンのスーツケースは出てこない。

きれいな下着も、ナイトガウンも、歩きやすい靴も、すべてが紛失した。

国税庁の会計監査。

ぞっとする生体組織検査。

そして今度は荷物が行方不明になった。こんなにも不運が続くとは信じられない。

「マーマー！」ジアが泣き叫んだ。

リヴィアの目にも涙があふれ、双子の妹のことを思ってしくしく泣きだした。「ジアの毛布ちゃんを見つけてあげて、ママ」

ペイトンはしゃがんで二人を腕に抱え、膝にのせた。「やってみるわ。約束する」

「今じゃなきゃいやだ！」ジアが母の肩に拳《こぶし》を打ちつける。「今すぐ欲しい！」

「ジアは毛布ちゃんが欲しいのよ」下唇を震わせてリヴィアも加勢する。

泣きつづける二人をなだめるようにペイトンはそっと揺すった。シングルマザーとしてよくここまでやってこられたものだと思う。

それは決して楽な道のりではなかった。

「新しいのが見つけられるかもしれないわ」ペイトンはささやいた。「ここにはきっときれいな毛布があるわよ。いちばん好きなのを選んでちょうだい」

「やだあ」ジアの泣き声はますます甲高くなり、ほとんどヒステリー状態に近かった。

いきなり頭の上から低い声がとどろいた。「ジアニーナ・エレットラ・マリア・ダンジエロ！」叱責《しっせき》はたちまちジアを黙らせた。

ペイトンも震えあがった。

その声の主はわかっている。彼女の背筋に戦慄《せんりつ》が走った。マルコ。

こんなことはしたくなかった。ここには来たくなかった。でもわたしに選択の余地はない……。

一年近く会っていない別れた夫をペイトンはゆっくり見上げた。

黒い瞳と目が合ったとたん呼吸困難になり、怒りと苦痛で胸がよじれそうだった。

戻ってくることは絶対にないと思っていた。最後にマルコに会ったときに、はっきり断言したくらいだ。死んでもあなたのところには戻らないと。

めまいがし、体が鉛のように重く感じられる。目の前に黒い点がちらちらしている。気持ちを落ち着けようとペイトンは深呼吸を繰り返した。

できるわ。しなければ。子供たちのためにも頑張るしかない。

だが二人を見て、ペイトンは絶望感にとらわれた。ジアの小さな顔はショックで青ざめ、リヴィアの青い目には涙があふれてまつげを濡《ぬ》らしている。

二人にとって彼は他人も同然なのだ。彼のもとに残していくなんてできるわけがない。どうしてこれが解決策になると思ったのだろう。どうかしていたんだわ。

いいえ、選択の余地はなかった。

人生はあまりにも不公平だ。わずかなチャンスも与えてくれないとは。

「こんにちは、マルコ」ペイトンは言った。自然な口調を心がけたが、無残にも失敗した。このところ何をしてもうまくいかない。

「こんにちは、ペイトン」彼女の挨拶《あいさつ》をそっくりそのまま返したマルコの口ぶりは、ひどく冷ややかで落ち着いていた。これがマスコミをにぎわす、かの有名なマルコ・ダンジェロなのだ。おびただしい数の雑誌や新聞に記事が載り、一週間に何回も写真が紙面を飾り、専有とも言える記者がついているマルコ・ダンジェロ。

顎が痛くなり、ペイトンは自分が懸命にほほ笑もうとしていたのに気づいた。あたかもそれに人生がかかっているかのように。ある意味では、たしかにそうだった。

自分がどうなろうと、子供たちのことを最優先にしなければならない。何より大事なのはこの子たちの将来だ。

マルコ・ダンジェロは憎くても、彼は子供たちの父親なのだから。

「ここであなたに会うとは思わなかった」ペイトンは唇のすきまから声を絞りだした。

「今朝ミラノに着くときみが知らせてきたんだ」

彼がいぶかしげに目を細め、唇をまっすぐに引き結んでいるのは、見なくてもわかる。いらだっている証拠だ。それは別に驚くことではない。苦痛に満ちた短い結婚生活のあいだ、マルコはいつも短気で怒りっぽかった。

「知らせたのは、ホテルからいきなり電話してあなたを驚かせたくなかったからよ。迎えに来てもらうためではないわ」

「迎えの車が必要だ」

「タクシーがあるわ」

「ぼくの子供たちをホテルには泊まらせない」

「すでに予約してあるもの」

「キャンセルした」マルコの視線は、ペイトンの膝の上でがたがたと震えているリヴィアに向けられた。真っ黒な髪が大きく見開かれた少女の青い瞳を際立たせている。マルコの顎がこわばった。「ねずみのように震えているじゃないか」

その声にペイトンはおなじみの無言の非難を聞きとった。

彼の基準からすると、妻としても女性としても母親としてもペイトンは落第だった。イタリアの女性なら彼女と同じ選択はしなかっただろう。

けれど、ペイトンはイタリア人ではないし、彼はわずかなチャンスも与えてくれなかった。

胸の奥から怒りがこみあげてくる。「この子は圧倒されているのよ」ペイトンはリヴィアを胸に抱き寄せ、不機嫌な父親の目に触れないよう、その顔を隠そうとした。

負けん気の強いジアに対して、リヴィアは保育園の先生が〝テンダー・ハート〟とあだ名をつけたように心の優しい子だった。

「で、この子のほうは？」彼の表情をまねて小さな口を引き結び、挑戦的に父親を見上げているジアにマルコは顎をしゃくった。

「ジアは毛布をなくして寂しがっているの」

「毛布？」

「ええ」

「それがないといけないのか？」

「そうよ」ジアが自分で答えた。父親は英語で話しているので、彼女にも理解できた。

「毛布ちゃんをとり戻したいの」

マルコとジアの視線がぶつかった。どちらも目をそらそうとしない。ジアは引きさがらず、臆《おく》する気配もない。

ほんの三歳なのに！　ペイトンには、ジアが大きくなったとき、二人が角を突きあわすのが目に見えるようだった。

マルコがペイトンに視線を戻した。「毛布が必要な年ではないだろう」

「毛布はあたしたちのお気に入りなのよ」ジアが憮然《ぶぜん》とした顔で答えた。

「お気に入りを持つのはいいことだって」

マルコは視線を上げ、信じられないという顔でペイトンを見た。「きみはそんなくだらないことをこの子たちに言ったのか?」

「いいえ、小児科医のドクター・クロスビーが二人に話したのよ。おしゃぶりはもう卒業しなければならないけど、心を安らげてくれるものはまだ必要だって。それが毛布なのよ」ペイトンは顎をつんと上げた。二人の生活にもっとかかわっていれば、あなただってそれくらいわかったでしょうよ。彼にそう言ってやりたいけれど、子供たちの前でやりあうわけにはいかない。それでなくても二人はひどく動揺しているのだから。

「お気に入りという言葉は感心できない」マルコがしかめっ面で言った。「だが、その毛布が必要なら、見つけだそう」

彼はペイトンの腕からジアを抱きあげた。ジアは身をこわばらせて小さな顔をぷいとそむけたが、抗議の声ひとつもらさなかった。

ジアは怯《おび》えている。怖いもの知らずのジアが父親を恐れている。

ペイトンの胸は締めつけられた。こんなことになるとは思いもしなかった。あの検査報告さえなかったら、今ここにいなかったのに。

マルコがスーツの内ポケットから携帯電話をとりだした。「最後に毛布を見たのはいつだ?」

「サンフランシスコで搭乗してからニューヨークで乗り継ぐあいだのどこかだと思うわ」

ジアがそむけていた顔をほんのわずか戻し、マルコを横目でうかがった。

「つまり、最初の飛行機ってことだな」

ペイトンは肩をすくめた。「あるいは、ラガーディア空港かも」眠そうな幼い双子を連れ、機内持ち込みバッグと搭乗カードを手に深夜に便を乗り継ぐのは大変だった。毛布を入れた子供たちの小さなリュックを点検したつもりだったが、ジアのを見落としたに違いない。

マルコが携帯電話で誰かと話している。この二年間、ペイトンはイタリア語を話していなかったが、彼の言葉は難なく聞きとれた。

旅行の手配を担当する秘書にマルコは紛失した毛布の行方を追跡するよう指示を出し、もし突き止められなかったら、今日の最終便で現地に飛んで自ら捜すようにと命じた。

電話を切ったマルコは、ふたたび内ポケットにそれをしまった。しぶしぶながらもペイトンは敬服せずにいられなかった。彼の強引なやり方は嫌いだけれど、失敗した試しはない。彼は欲しいものを必ず手に入れる。

もっともペイトン自身に関しては望んだわけではなかったが、それでも彼は手に入れた。

ペイトンの顔にかすかに浮かんでいた笑みがすっと消えた。「ありがとう」小声で礼を言う。腹立たしいことに、胸のなかでさまざまな感情がもつれている。冷静に対処できると自分に言い聞かせてきたけれど、言うは易しだ。

マルコはうなずいた。「荷物はこれで全部か？」

ペイトンは自分のスーツケースのことを思い出した。「わたしのケースが出てこないの」

彼はため息を噛《か》み殺した。ちらっと浮かんだいらだたしげな表情がペイトンの胸を刺す。

彼は子供たちの力にはなれても、彼女の力になるのはいやなのだ。子供たちはダンジェロ家の人間だが、彼女は違う。

マルコの鋭い視線を感じながら、ペイトンは紛失届の書類に必要事項を書きこんだ。ジアは彼に抱かれたままだが、リヴィアはペイトンの脚にしがみつき、その男性との間隔を狭めまいとしている。

その男性。双子の父親。もうあとには引けないとペイトンは覚悟を決めた。

リムジンのなかは静まり返り、低いエンジン音が聞こえるだけだ。子供たちはうとうとしている。後部席でマルコができるだけ体を離して座ってくれたのがペイトンにはありがたかった。

後期バロック様式の石造りの屋敷が視界に入ってきた。高窓に鎧戸《よろいど》、湾曲した鉄の手すりのついたその華麗な屋敷にかつては畏敬《いけい》の念をおぼえたものだ。今は恐れしか感じない。

ペイトンは双子を明るく風通しのよい子供部屋に連れていった。漆喰《しっくい》の壁は温かい黄色に塗られ、低い棚にはおもちゃや人形がぎっしり並んでいる。二人が楽しそうに遊びはじめるのを確認して、彼女は部屋を出た。いよいよマルコと向きあう瞬間がやってきた。

マルコは一階の客間で待っていた。スーツの上着は脱ぎ、厚い胸板にぴったりした焦茶色の薄手のセーターを着ていた。上等な革のベルトが引きしまった筋肉質の体を強調している。相変わらずスポーツ選手のような体形だ。

「戻ってきたな」彼は張りつめた声で言い、メイドが運んできたエスプレッソに手を伸ばした。

冷たく険しい声が疲れきったペイトンの体を貫いた。彼女はかすかに身をこわばらせた。

「戻ってきたかったわけではないわ」

マルコは低くざらついた笑い声をあげた。「それは信じがたい」

幸いにもペイトンは何も感じなかった。

確信が持てないまま、この瞬間を想像して、彼と顔を合わせ、彼の声を聞く瞬間を想像して、何週間も不安にさいなまれてきた。

その瞬間が来た今、鼓動も脈も速くなっていないし、胸のうずきもない。感情も落ち着いている。

まったくなんの変化もない。

こうしてマルコ・ダンジェロの前に立っていると、二人のあいだに愛が存在しなかったことをあらためて思い知らされた。結婚の誓いを交わし、子供までもうけながら、夫婦円満だったことはない。たまたま出会って一緒になっただけなのだ。

ペイトンは咳《せき》払いをした。「子供たちの前でもめたくなかったから言わなかったけど、滞在するならホテルのほうが――」

「はるばるぼくに会いに来たのに、ホテルに滞在したいのか？」

喧嘩《けんか》はしたくない。ペイトンは片方の足からもう一方へと体重を移した。くたくたで、言い争う気力もない。「ここへ来たのは、子供たちがあなたと過ごせるように――」

「市内のホテルに泊まっていて、どうやって子供たちと過ごせるんだ」

気持ちを静めようとペイトンは深呼吸した。「昼間、一緒に過ごせるわ」

「昼間は仕事がある。実際、これからすぐにオフィスへ戻らなければならない」

「家に帰ってきたのに？」

「まだ午前十一時だ。今日は平日だぞ、ペイトン」

「でも、あの子たちは――」

「昼寝をさせるべきだ。長旅で疲れているだろうから、休ませなければ」何も言わないペイトンに腹を立て、マルコは肩をいからせた。「きみのほうから一方的にやってきたんじゃないか。ぼくの意見もきかず、ぼくの予定を確かめもせずに。ぼくが仕事に戻るのを責めるのはお門違いだ」

ペイトンは手を握りしめた。「突然だったことはわかってるわ。ごめんなさい。でも、数日なら休みがとれるだろうと思ったの。あの子たちをもっとよく知るために」

「あと二カ月半でぼくは結婚する。そのあと三週間、ハネムーンに出かける。こんなときに休みをとるなんて不可能に決まっているじゃないか。だけど、子供たちと過ごす時間がまったくないというわけではない。一緒に過ごせるよう、なんとか工面するつもりだ」

ええ、子供たちに会いにたびたびカリフォルニアを訪れると請けあったようにね。

ペイトンは怒りを煮えたぎらせた。子供たちがなつかないように仕向けていると彼はいつもわたしを非難したけれど、それは違う。彼は娘たちのことを知ろうとさえしなかった。カリフォルニアに訪ねてきたのはほんの数えるほどだ。その程度で親子関係を築けるわけがない。「子供たちがミラノへ来たのは、この二年間で初めてなのよ」

「いったい誰のせいだ?」マルコは気色ばんだ。

ペイトンは目を閉じた。早くも言い争いをしている自分が信じられない。結婚生活の後半もこうだった。喧嘩は耐えがたく、その緊張感たるや今となっては現実とは思えないほどだった。「それじゃ、またあとで」

上品なファッション地区のボルゴスペッソ通りにあるダンジェロ本店に着いたとき、マルコの頭にあったのは幼い娘たちのことだった。紛失したジアの毛布の行方を徹底的に追跡させなければ。それでなくても、幼い子供にとって見知らぬ土地への旅は不安に違いない。

しかしオフィスに到着するや、六名の役員たちがそれぞれ緊急の問題を抱えて押し寄せてきた。彼らはどなりながら先を争うようにしてマルコのオフィスに入ってきた。

マルコはドアを閉め、壁際に置かれた長椅子に座るよう全員にうながした。「どうやらいくつか問題があるようだな」

「いくつかだって?」ヤコポが天井を仰いだ。

彼はメンズ・コレクションを成功させた影の功労者だ。父親の代にはダンジェロは婦人服専門だったが、十年前にマルコが引き継いでからは新しい部門へと次々に手を広げ、ヤコポは彼が役員に加えた最初のデザイナーだった。

「今朝、うちのナンバーワン製糸工場が閉鎖した」ヤコポは苦々しげに続けた。「連中はこっちの注文に何ひとつ応《こた》えていない。コレクション用の新しい生地が一枚も手に入らなくなる」

「今年はほかの工場と契約しなかった」企画ディレクターのファブリツィオが黒い革張りのソファに腰を下ろし、頭の後ろに手を当てた。「今年は小規模にしようと、ひとつの工場に絞ったのが、裏目に出たわけだ。自分で自分の首を絞めるとは」

ずけずけ言ってくれるな。額をこすりながらマルコは思ったが、たしかに彼の言うとおりだ。工場の閉鎖は紳士服より婦人服のコレクションにより強い打撃を与える。婦人服と始めたばかりのホーム・コレクションは機能しなくなるだろう。「契約を果たさずに閉鎖することはできないはずだ。彼らは自ら恐ろしい民事訴訟を招くことになる」

それに対して誰も返事をしない。

マルコは香水部門の主任であるマリアに目をやった。「きみも悩みを抱えているようだが、むろん工場とは関係ないんだろうな」

「ええ、違います」マリアはクリップボードを胸に抱えた。「新しい広告キャンペーンの件です。きのう、最初の撮影が行われました」

「で？」

「あれでは、わたしたちが狙《ねら》っている斬新《ざんしん》な広告キャンペーンに合いません」

「使えないと？」広告は世界中のファッション雑誌に掲載されることになっている。

「ええ」

「そんなにひどいのか？」

「嫌悪なさるでしょうね」

「わかった。広告代理店に電話しよう。ヤコポ、顧問弁護士を連れて出向くから、工場の責任者と打ち合わせの日時を決めてくれ。われわれ全員にとって忙しい一日になりそうだな」

役員が列をなしてオフィスを出ていくと、マルコは電話に手を伸ばした。どんなに忙しくても双子のことは忘れていなかった。旅行を担当する秘書を呼びだす。

「マルコだ。娘の毛布の行方は無事に突き止められたか?」

返ってきたのは、彼が期待していた答えではなかった。秘書が口にした解決策はマルコをいらだたせた。

「新しい毛布を買ってやればいいことくらいわかっている。それが問題なんじゃない。ジアは自分の使っていた古い毛布が欲しいんだ。必ず今夜の最終便に乗ってくれ。なんとしてでもあの子の大切な毛布をとり戻したい」

2

マルコが帰宅したのは思っていたよりずっと遅い時間だった。屋敷は暗く静まり返っている。一階の一部に明かりがついているだけだ。

明かりを頼りに客間まで行くと、静かな話し声が聞こえてきた。ドアのすきまから、二人掛けの椅子に丸くなって携帯電話で話しているペイトンの姿が見えた。モスグリーンのスラックスに黒いタートルネックのセーター、緑色のスエードのブレザーという格好だ。彼女は色使いを知っているとマルコは思った。苔《こけ》むした森を思わせる緑の濃淡が、鮮やかな赤毛と色白の肌を引き立たせている。

色彩とデザインに関する眼識が彼女にはそなわっているのだ。そして今、電話で話しあっているのはまさにそのことだった。相手はサンフランシスコの仕事場のスタッフに違いない。

一瞬、マルコは奇妙な憤りをおぼえた。ペイトンとのあいだにはさまざまな問題があったが、彼女の才能には一目置いている。デザインに関して彼女には天賦の才がある。生地がどんなドレープを生みだすか、そして織りの効果や色、カットを脳裏に思い描き、数枚スケッチしただけで、すぐれたアイデアを思いつく。

マルコは彼女をダンジェロのスタッフに加えたかった。しかし結婚が破綻《はたん》したのち、ペイトンはアメリカに帰り、サンフランシスコのイタリア人デザイナーのもとで仕事を始めた。

長時間、携帯電話を握りしめていたせいで、ペイトンの指はしびれはじめていた。様子を確かめるためにオフィスに電話したのだが、アシスタントは用件がすんでも電話を切ろうとしない。

「いつ戻ってくるの？」動揺しているのがうかがえる口ぶりだ。「何がどうなっているか把握しているのはあなただけなのよ」

「だったら、ほかの誰かに早急に解決してもらわないとね」ペイトンは軽い調子で答えた。たった二日間の不在がカルヴァンティ・デザインにとって問題になるとすれば、長期休暇をとるつもりだと言ったら、みんなどんな反応をするだろう？

電話を切ったとき、物音がした。振り返ると、ドアの外にマルコが立っているのが見えた。

「いつ帰ってきたの？」

「二、三分前に」マルコは彼女の携帯電話を指さした。「聞いてはいけないことを立ち聞きしたわけじゃないね?」

「ええ」

コートを脱ぎながらマルコは彼女のほうに歩み寄った。「今や、きみ自身のブランド名でデザインしているようだな」

「ええ」近づいてくるマルコをペイトンは不安そうに見つめた。

二年前、サンフランシスコに戻るとすぐにカルヴァンティの店でデザイナーの職についたが、それを知ったマルコは激怒した。カルヴァンティは、小さなファッション・ハウスにしては驚くほどの安定性と独創性を持ったイタリア系アメリカ人デザイナーの会社だった。自分のブランド名が持てる期待にペイトンは胸を躍らせたが、ダンジェロの名前を利用するために連中はきみを雇っただけだとマルコは平然と言ってのけた。

「紳士物のデザインはあきらめたのか?」彼は椅子の背にコートをかけた。

ペイトンは顎の筋肉が引きつるのを感じた。デザイナーとしてマルコに評価されたことは一度もない。結婚した当初、ためらいがちにスケッチを見せたとき、彼はまったく関心を示さなかった。「紳士物とスポーツウェアのコレクションは今も共同でやっているけど、将来は自分のブランドにもっと集中するつもりよ」

「成功したな」

「驚くべきことに、そうね」

「ダンジェロのままでいてもさしさわりはないというわけだ」

顔がかっと熱くなる。反論しても無駄なのはペイトンもわかっていた。今も彼の姓を名乗っているのは子供たちのためだと言っても、マルコは信じようとしないだろう。ジアとリヴィアの人生を複雑にしたくないだけなのに。

「あと三十分でマリリーナがここに来る。敬意をもって接してもらいたい」

みぞおちを殴られたような気がして、ペイトンは小さく息をのんだ。「もちろんよ」

「ほどほどに距離を保ってくれるよう頼むよ」

頬が紅潮した。「ちゃんとわかっているわ。わたしたちは英語で話しているんですもの」

「ああ。だけど、きみは自分が聞きたいことしか聞こうとしないからな。はっきり言っておくが、マリリーナとぼくの仲を裂くことはできない」

「仲を裂くなんて、そんな気はさらさらないわ。それどころか、あなたがたの仲が確固たるものであることを確信したいくらいよ」

「どうして？」

ペイトンは懸命にふさわしい言葉を探した。それを口にするのは容易ではなかった。

「もしもわたしの身に何かあったら……」声が尻つぼみになる。未来に目を向けても、そこには巨大な暗闇《やみ》しか見えない。「子供たちはあなたが引きとることになるでしょうから」

「きみは母親に託すつもりかと——」マルコはふいに言葉を切った。とんでもない失態だ。

ペイトンは母親と姉妹のように仲がよかったが、その母親は去年、他界していた。「すまない。うっかり忘れていた」

ペイトンは沈んだ顔でうなずいた。「いいのよ」

目の前に立っている彼女は純真そうに見えた。赤褐色の長い髪がふわっと肩をおおい、高い頬骨にかかった柔らかな巻き毛がきりっとした顎の線をやわらげている。だがマルコは彼女を知っている。胸に秘めた野心を知っている。ボッティチェリの天使ではないのだ。四年前ミラノにやってきたとき、彼女には目的があった。有名なファッション・ハウスで見習いになること。そして有名な男性を誘惑すること。その両方とも彼女は達成した。

それにしても……今の彼女はひどく疲れているようだし、心もとなげに見える。それがマルコの心を重くした。この二年間、彼女はひとりで双子を育ててきた。むろん、楽ではなかったはずだ。

「波風を立てるためにあの子たちを連れてきたわけじゃないわ」しばらくしてペイトンが言った。「結婚式の前にプリンセス・マリリーナに会うのが二人のためになると思ったのよ」

マルコはまじまじと彼女を見た。本音を言っているのだろうか。信用できるだろうか。

「子供たちはとっくに寝たのか?」話の行き着く先がつかめないまま、彼は話題を変えた。彼女といると、どういうわけか心穏やかでいられない。「もっと早く帰りたかったが、会議がこじれた」

「二時間ほど前に二人とも眠ったわ。すっかり疲れきって。空の旅と時差で」

マルコの目元にはしわが刻まれている。口元にも。二年前にはなかったのに。大変なプレッシャーを感じているのかもしれない。ストレスがたまっているのだろうか。

「考えたんだけど、わたしたち三人で……あなたとプリンセス・マリリーナとわたしの三人で、今夜、夕食をとったらどうかしら」

マルコは身を硬くした。「今夜？」

「ええ。でもほかに予定があるなら――」

「あるとも」

ペイトンは彼の声に非難を聞きとった。寸前になって予定を変更されるのが彼は嫌いだった。「じゃあ、夕食は別の機会にしましょう。それとも昼食でも。そのほうがよければ」

客間の両開き戸が開き、プリンセス・マリリーナが戸口に現れた。すらりとした長身に優雅にまとった紺色のシルクスーツが、細いウエストと長い脚を強調している。「お邪魔かしら？」ほかのすべてと同じように彼女の英語は完璧《かんぺき》だった。

マルコがさっと立ちあがった。温かい笑みがいかめしい顔立ちをやわらげた。「そんなことはないよ、ダーリン。さあ、入って。きみの話をしていたところだ」

彼女はにっこりした。「耳が熱くなったのはそのせいね。で、いい話かしら？」

寄せ木細工の床にヒールの音を響かせてマリリーナが二人に近づいてきた。その目はマルコだけを見ている。

「いつだっていい話だよ」マリリーナがそばに来ると、マルコは親しみのこもった穏やかな声で答えた。片方の腕をウエストにまわし、軽く彼女の腰に手を添える。「変わりないかい？」耳元にささやきかけたが、ペイトンにもはっきり聞こえた。

マリリーナはうなずき、ほほ笑んだ。「ええ、ダーリン、ありがとう」それからペイトンのほうに向き直った。彼女もマリリーナが入ってきたときに立ちあがっていた。「あなたがペイトンね」

うらやましさにペイトンの胸はうずいた。もちろん嫉妬《しっと》のはずがない。嫉妬を感じる理由などないもの。ただ、プリンセスに対するマルコの優しい態度が彼女の心をかき乱す。いいえ、優しさだけではない。二人のあいだにはくつろいだ雰囲気が漂っている。ペイトンがくつろいだ気分でいたことは一度もなかった。いつだって神経をとがらせ、不安にかられていた。それもすべて過去のこと。マルコはもはや夫ではないのだし、自分が彼の人生の一部になる見込みはない。

ペイトンはなんとか片手をさしだした。「お会いできてうれしいわ、プリンセス・マリリーナ。それと、ご結婚おめでとう」

プリンセス・マリリーナは軽くうなずいただけで、彼女の手をとろうとはしなかった。

「ありがとう。わたしたち、結婚式を楽しみにしているの。式はドゥオモで挙げる予定よ」彼女はミラノで有名なゴシック様式の大聖堂の名を口にした。「披露宴はこの家で」

「すばらしい式になるでしょうね」言葉がペイトンの喉に引っかかった。

それきり誰も口をきかず、沈黙が重苦しくなってきたころ、マルコとプリンセスが目配せするのをペイトンは見逃さなかった。

マルコが背筋を伸ばした。「いつか三人で夕食をとろうとペイトンが提案している」

「それはすてきだわ」マリリーナは愛想よく同意した。声には美しい響きがある。「わたしたちは知り合いになるべきですものね」

マルコの濃い眉がつりあがった。「あいにく、懇意になるのは待ってもらわなければならない。悪いが、ペイトン、ぼくたちは出かける。レストランの予約がしてあるんだ」

フェラーリの助手席にマリリーナを乗せたとき、マルコは別れた妻のことを考えていた。彼女は以前とどこか違う。何かあったに違いない。金銭面で問題を抱えているのだろうか？　男ともめごとでも？　もしかして子供たちに何か？

またしても間違いを犯したことにマルコは気づいた。ペイトンをこの家に連れてくるべきではなかった。彼女は頭痛の種だ。出会ったときからずっとそうだった。

車が走りだすと、マリリーナは彼の腿にそっと手を置いた。「そんなに心配しないで。大丈夫よ、マルコ。すべてうまくいくわ」

二人の目が合った。マルコはマリリーナの手をとり、甲に口づけしたが、気持ちは切り替えられなかった。相変わらずペイトンはぼくをいらだたせ、心をかき乱す名人だ。いまだにその力があるとは。

ペイトンはマルコのことを考えないようにしようと、子供たちの小型リュックを開け、おもちゃや絵本やからみあった衣類の整理を始めた。

薄紫と空色のカーディガンをたたみながら思う。こうしてまたこの屋敷にいることが不思議でならない、と。

マルコと出会う二年前に彼の父親は亡くなっていたが、この屋敷には偉大な故フランコ・ダンジェロの精神が生きつづけている。その由緒ある屋敷に彼女と子供たちを残してマルコが出ていったときは、つらさもひとしおだった。

最初の数カ月、ペイトンは孤独だった。それでも、夫婦円満なふりを続けようと努力した。子供たちのために。だが現実はうまくいかなかった。

しだいにうわべをとり繕うのが困難になってきた。別居を始めたあとでは、マルコと同じ部屋にいると、さりげなくふるまうことも、礼儀正しく人と会話することもできなくなった。ただコートを着せかけるだけでも、彼がほかの女性に触れるのを見るのは耐えられなかった。

彼は誰といてもゆったりとくつろいでいるように見えた。ペイトンひとりを除いて。時間が傷を癒《いや》してくれると人は言うけれど、心の痛みは消えるどころか、ますますひどくなり、マルコと顔を合わすだけで喪失感はつのる一方だった。

じわじわと神経をむしばまれ、今にもおかしくなるのではないかと思える段階にまで達していた。マルコの姿をちらっと見ただけで、胸にナイフを突きつけられたような気がした。

わざとらしい会話、ぎくしゃくした不自然な態度。みんなが彼女を見ているのはわかっていた。ある人は好奇の目で、ある人は同情のまなざしで、ある人は当惑と非難の目で。子供たちのためにと自分に言い聞かせてペイトンは精いっぱい努力してきたが、胸の内には嵐《あらし》が吹き荒れていた。

おそらく、みんなには見抜かれていたに違いない。

別居して九カ月、ついにペイトンは心を決め、ミラノをあとにした。

「つまり、腰を落ち着ける気になったんだな」

マルコの声にペイトンははっとわれに返った。子供たちが目を覚ましたとき聞こえるようにドアを開けてあったが、彼が近づいてくる足音には気づきもしなかった。「子供たちは熟睡しているわ。わたしもそろそろ寝るつもりよ」ペイトンはベッドの端に腰かけた。

「早かったのね」

「明朝七時に朝食を兼ねた会議がある」

子供たちと過ごす時間はないということだ。ペイトンはがっかりし、唇を噛《か》んだ。

「会議は数週間前から決まっていたんだ」

「わたしは何も言ってないわ」

「目を見ればわかる。家にいるべきだと思っているんだろう。きみたちがやってきたからには、予定をすべて中止すべきだと」

彼の怒りをひしひしと感じて、ペイトンは身を硬くした。「そんなことは望んでいないわ」

「けっこう。そもそも無理な話だからな。九月にハウス・オブ・ダンジェロの五十周年記念祝賀会が催される。うちだけでなく、ミラノにとっても一大イベントだ」

記念祝賀会のことはペイトンも知っていた。ファッション業界でもっぱらの噂《うわさ》になっている。故フランコ・ダンジェロは天才デザイナーだった。彼は世界中の名だたる美しい女性たちのドレスを作ってきた。女王、王女、大統領夫人、国際的女優、アラブのシークの愛人などなど。

「今週、イギリスから取材班が来ることになっている。父のドキュメンタリーを制作しているんだ。午前中は仮縫いの予定だし、午後は彼らのインタビューを受ける」

「わたしに何かできることはあるかしら？」

「きみはもうダンジェロの人間ではない」マルコはすげなくはねつけた。

ペイトンは身をこわばらせ、視線をそらした。なぜ手伝いを申し出たりしたの？ 役に立ちたいという気持ちを彼が理解してくれたことは一度もなかったのに。

「すまない、失言だった」マルコは重々しいため息をついた。「疲れているんだ。あれやこれやと今月は大変だったから」

「そうでしょうね。わたしも今月、国税庁の会計監査を受けたの。経費の使途をすべてきちんと説明できるよう、何時間もかけて帳簿に目を通したわ」

マルコの表情がやわらいだ。「だが無事に通過したんだろう？」

「ええ、幸いにも」

笑みを浮かべて目の前に立つマルコをペイトンはじっと見つめた。ほろ苦い思い出が胸によみがえってくる。彼女はマルコを深く愛していた。

彼はこの世のすべてだった。きらめく星であり、空だった。彼女の平凡な人生を華やかなものに一変させ、愛と夢と希望をもたらしてくれた。

しかし、そのすべてをぶち壊したのもマルコだ。彼は二人の世界が音をたてて崩れるままにした。苦痛と喪失感は想像を絶するものだった。何カ月もペイトンは泣きつづけた。シャワー室で、ベッドのなかで、食料品店に向かう車のなかで。

どうすれば彼をあきらめられるだろう。

喪失感から立ち直る唯一の方法は愛情を抹殺することだった。優しさも渇望感も情熱も心の奥底に葬った。

残ったのは激しく容赦ない怒りだけだった。あまりにもひどく傷つけられたので、決して彼を許すまい、二度と彼に会うまいとペイトンは心に誓った。

それなのに、生体組織検査の結果が死ぬべき運命だけでなく、プライドに立ち向かうことを余儀なくさせていた。

「幸いにも」ペイトンは繰り返し、額にかかったほつれ毛を払いのけた。「当分は税務署員の相手をしなくていいと思うわ」

マルコが指を鳴らした。「おっと、忘れるところだった。ジアの毛布の行方を突き止めるよう、秘書をニューヨークへ行かせた」

「ありがとう。見つかったら奇跡でしょうけど、うれしい奇跡だわ」

彼の口元が引きつった。「ぼくが子供たちのことを気にかけていないと思っているようだが、それは違う。ぼくはあの子たちを愛している。ぼくにとってはつねに大切な存在だ」

「でも、あなたはあまり訪ねてこなかったわ」

「勝手にアメリカへ帰ったのはきみじゃないか」

「そうするしかなかったからよ」

「ばかげている。ぼくはきみにいてほしかった。地球の反対側に行ってしまったら、子供たちに会うのが難しくなるのは当然だろう」

「だけど、あなたはアメリカでも仕事をしているでしょう。なのに、わたしたちに積極的に会おうとはしなかった」ペイトンは拳《こぶし》を握りしめた。声に怒りがにじむ。「現に、何度もサンフランシスコに来たのに、一度もうちに寄らなかったわ」

マルコの声も鋭くなった。「寄ろうとしたさ。ぼくが電話するたびに、きみが言い訳をしたんじゃないか。これから出かけるところだとか、双子の一方が病気だとか」

「あのときは、葬儀に参列するために出かけるところだったのよ」母の葬儀だった。五年間、癌《がん》と闘った母はついに力尽き、悲嘆のあまりペイトンは支離滅裂になりかけていた。

「それから、子供というのは病気になりやすいのよ!」

「ぼくはプレゼントを送った」マルコは切り返したが、それが言い訳にならないのはわかっていた。子供たちを避けてきたのはたしかだ。そうしたかったからではない。訪ねるのがつらかったのだ。訪ねたあとは必ず地獄に落ちたような気分を味わったから。人生の落後者のような。

「熊《くま》のぬいぐるみは父親の代わりにはならないわ」

「そんなことは言われなくてもわかっている」痛いところを突かれ、マルコはかっとなって声を張りあげた。「地球の反対側で子供たちが成長し、ぼくを単なる他人と見なしているのに、それでぼくが平気だとでも思っているのか？」

ペイトンは彼のほうに一歩踏みだした。「たしかに子供たちはあなたを他人と思っているわ。当然でしょう。あなたはあの子たちの生活にかかわろうとしなかったもの。先月、二人の誕生日に招待状を送ったのに、なぜ来なかったの？」

マルコの顔から血の気が引いた。「都合がつかなかった」

「電話かメールで知らせてくれればよかったじゃない。子供たちをがっかりさせないために！」

「ぼくがいなくても、二人は気づきもしなかったはずだ」

彼はまったくわかっていない。ペイトンの胸は煮えくり返った。それは単に彼に対する怒りではなく、運命や人生をひっくるめたすべてに対する怒りだった。「いいこと、あの子たちはパーティのあいだずっと玄関のドアを見つめていたのよ。あなたが遅れて到着するといけないから、ケーキをカットしないでとわたしに頼んだのよ」

「やめろ、ペイトン」

「いいえ、言わせてもらうわ。わたしに腹を立てているからといって、子供たちを邪険にするのはやめて。離婚の原因はあの子たちじゃないわ。二人を責めるのはお門違いよ」

マルコの広い肩ががくっと落ちた。「責めてなどいない」

「そんなふうに見えるけど」

「だったら、どうしてここに来た？」

涙がこぼれ落ちないよう、ペイトンは拳を目の下に押しつけた。「母はすでにいないし、もしもわたしの身に何かあったら、子供たちはあなたのもとで育つしかないのよ」声がかすれ、ペイトンは視線をそらした。「わたしたちの結婚を修復するのはもう手遅れだけど、子供たちがあなたと愛情の通った関係を持てるかどうか確かめるには遅くないわ」

3

子供たちは朝早く目を覚まし、ペイトンのベッドにもぐりこんできた。朝食をとろうとベッドから出たときには、マルコはすでに出かけていた。〝大きな悪い狼《おおかみ》〟はお仕事に行ったのね、とジアが生意気な口をきいた以外、二人は父親の家にいることも、彼とほとんど顔を合わせていないことも気にかけていないようだ。

朝食後、三歳児のあふれんばかりのエネルギーを発散させるために、ペイトンは子供たちを外へ連れだした。二人はきのう見つけた庭に向かって駆けていった。「ママ、速く！急いで！」

石塀に囲まれた庭のなかで、子供たちはきゃっきゃっと笑い声をあげ、追いかけっこを始めた。リヴィアより大胆で自信のあるジアが後ろから追いかけているが、リヴィアはすばしっこい。ジアのタックルをリヴィアがひらりとかわしたとき、ペイトンは思わず噴きだしそうになった。

「ずるい！」ジアがいらだたしげに叫んだ。

リヴィアは飛びはねながら逃げていく。

「二人とも楽しそうね」鉄製の小さな門のところにマリリーナが姿を現した。

振り返ったペイトンは作り笑いを浮かべた。「あの子たちはこの庭が大好きなの。おとぎばなしから抜けだしてきたみたいで」

きちんと手入れされた高い生け垣にマリリーナは視線をやった。「昔はハーブ園だったわ。マルコと二人で本来の庭に戻そうとしているところよ。ガーデニングはなさるの?」

「いいえ。母とわたしはアパートメントに住んでいたから。庭はなかったわ」プリンセスが何も言わないので、ペイトンは急いでつけ加えた。「でも、裁縫はするのよ。ファッションデザインに魅了されたのはそのせいでしょうね。母と二人で服はすべて自分たちで縫ったものよ」

「すてきな服だったんでしょうね。手作りには見えなかったに違いないわ」

ペイトンはちらっとプリンセスをうかがった。貧しい生い立ちを皮肉っているのかしら。だがマリリーナは穏やかな表情をしているし、別に恥じることでもないとわかっている。腕のいいお針子だった母親はペイトンが幼いうちから裁縫を教えこんだ。おかげで十四歳になったころにはファッション誌をじっくり研究し、人気のあるヨーロッパ・スタイルをまねてデザインするまでになっていた。

娘をヨーロッパの偉大なデザイナーのもとへ修業に行かせるのが母の夢だった。そんな経済的余裕はもちろんなかったけれど、ペイトンは母親の夢想につきあった。彼女がミラノに住み、ヴァレンチノやプラダやダンジェロのような有名デザイナーの店で見習いをしている、そんな夢物語を二人で作りあげて楽しんだものだ。

それが現実になると誰が思っただろう?

「二人とも元気がいいわね」庭を走りまわる双子を見ながらマリリーナが言う。

「太陽が大好きなの」サンフランシスコは美しい街だが、海岸線特有の濃い霧と雲のせいで肌寒い日が多い。いきなりジアが石塀によじ登ったのを見て、ペイトンは叱責《しっせき》した。「ジア、だめよ! 危ないわ。下りなさい」

マリリーナが笑い声をあげた。「あんな高いところにすばやくよじ登れるなんて、すごい」

「ジアはどこにでも登るから目が離せなくて」

「二人ともとても愛くるしいわ。本当にうっとりするわね」

「マルコに似ているのよ」

「それはどうかしら。むしろあなた似だと思うわ。目も、すてきな顔の輪郭も」マリリーナは、石の上にとまった黄色い蝶《ちょう》を観察している双子を見つめた。「子供服のモデルになれそうね。紹介所と話をしたことはないの? きっとマルコがルートを作ってくれるんじゃないかしら」

プリンセスがさりげなくマルコの名前を口にするのを聞いただけで、胸に痛みが走った。ペイトンは大きく息を吸った。「あの子たちにモデルになる気があるとは思えないわ。ふつうの女の子でいたいはずよ」

「やっぱり、子供のことは母親がいちばんよく知っているようね。あっ、マルコが来たわ。みんなで昼食をとるために帰ってきたのよ」

五月下旬のさわやかな日で、昼食は庭に用意された。メイドたちが大きな木のテーブルを日向《ひなた》に運び、上等なリネンのクロスをかけて、光沢のある磁器の大皿やぴかぴかのグラスをセットした。

天候と昼間の食事にふさわしい軽めの赤ワインをマルコが開けた。こうして五人でテーブルを囲んでいるのがペイトンにはごく自然に思えた。マリリーナは明るく陽気で、彼女とマルコのあいだにはゆったりと落ち着いた雰囲気が漂っている。この二人なら子供たちのいい親になれるだろう。

ペイトンは双子をいとおしげに見つめた。二人は何やら楽しそうにささやきながら、バターであえたパスタを口に運んでいる。コットンのサンドレスを着て太陽の下で食事ができるなんて、二人にとって思いがけない喜びに違いない。

娘たちを見ているうちに、ペイトンの胸は締めつけられた。いとおしさのあまり心がうずきだす。母親なら誰でもこんな気持ちになるものなの？　子供が成長して離れていく日を恐れているのだろうか？

視線を感じて顔を振り向けたペイトンはマルコと目が合った。その目は無表情ながら、鋭い光を放っている。昼食のあいだ、彼はほとんどペイトンに話しかけず、もっぱらマリリーナと子供たちの相手をしていた。

またしても胸が締めつけられるのを感じ、ペイトンはあえぐように息を継いだ。うとましいことに過去と現在がぶつかりあい、心が千々に乱れる。

マルコとの再会で、ペイトンは彼への愛が死んでいなかったことを思い知らされた。それは封印されていただけだった。心の奥底に封じこめることで、二人のあいだにはいかなる感情も存在しないふりをしてきたのだ。

かつて、ペイトンは数えきれないほど泣いた末に、すべては気の迷いで、孤独がもたらしたものだと自分に言い聞かせた。

マルコは彼女を愛したことなどなかった。その事実にあまりにも深く傷ついたので、何も感じないよう、心をとりだして空っぽにするしかなかった。

どっと涙がこみあげてくる。ペイトンはすばやく目をしばたたき、この三年間ほかのすべてを拒否してきたように涙を振り払った。

訪問の目的を達成するのはつらい経験になりそうだ。

昼食が終わり、マルコが立ちあがった。仕事に戻る前にマリリーナとちょっと話があると言う。子供たちが声をそろえてマリリーナにさよならの挨拶《あいさつ》をし、プリンセスが二人の頬にキスするのをペイトンはぼんやりと見ていた。マルコとマリリーナは腕を組んでテーブルを離れていった。

一時間後、ペイトンは子供たちが熟睡したのを確認して静かにドアへ引き返した。子供部屋の戸口で立ち止まり、二人の寝顔を見つめる。枕《まくら》の上に黒い巻き毛を広げ、夢のなかでおしゃべりしているみたいに二人は向きあって眠っている。

二人はいろいろな面でマルコと似ていた。たとえば、ジアが片方の眉を弓なりにするしぐさや、リヴィアが頭をちょっとかしげるしぐさ。二人とも気が短くてプライドが高い。一見して繊細だが、芯《しん》は粘り強くタフだ。

マルコと同じように。

出会った瞬間からペイトンはマルコに魅了された。ダンジェロの店で働きだして三週間目に、初めて彼の姿を垣間見た。ほかの人たちと一緒だったが、彼だけが際立って見えた。有名な父の店を引き継いだとはいえ、彼は傑出した才能と仕事への情熱を持った生まれながらのデザイナーだった。

ペイトンはスケッチを描《か》く彼を見るのが好きだった。彼が仮縫いの指揮をしているときは、サロンの近くにいられるよう口実を見つけた。彼の言葉に一心に耳を傾け、ひとつ残らず吸収した。見習いだったペイトンはより多くのことを学ぼうと向上心に燃えていた。

週末には必ず母に電話した。国際電話は高いのでほんの短い時間だが、この一大冒険に母も参加させたかった。

「生地にも男らしさと女らしさがあるのよ」ペイトンは興奮ぎみに報告したものだ。「完《かん》璧《ぺき》なデザインのスーツはその両方をみごとにブレンドしてあるの。張りがあってしなやかで、力強くて控えめで」

母の楽しそうな笑い声を聞くのがペイトンはうれしかった。母が誇らしく思うことをしているのがうれしかった。

母と娘……。喉をふさぐ塊をペイトンはのみこんだ。涙をこらえ、子供部屋を出て静かにドアを閉める。自分の部屋に戻りかけた彼女は、マルコが廊下で待っているのに気づいた。

「子供たちを寝かしつけるのに、いつもこんなに時間がかかるのか?」

涙を振り払おうとペイトンはまばたきした。「しばらく二人のそばについていたの。そういう時間も必要でしょう。ついあくせくして、心の余裕をなくしてしまうことがあるから」

マルコが探るように見つめている。「きみは変わった、ペイトン。以前とは違う」

「長い歳月だったわ」

「働きすぎじゃないのか?」

口元がゆがんだ。「みんなそうでしょう?」

マルコは頭をかしげた。「たぶん」子供部屋のほうにちらっと視線をやる。「子供たちはしばらく眠っているかい?」

「少なくとも一時間は」

「だとしたら、じっくり話をするときかもしれない。マリリーナは帰ったし、子供たちは昼寝中だ。邪魔されずにきちんと話しあえる」

きちんと話しあう。マルコのあとについて階下の客間に向かいながら、ペイトンは胸のなかでつぶやいた。それが何を意味するかわかっている。彼は自分をとり巻く状況を制御しようと決めたのだ。彼ほど並はずれた自制心の持ち主はいないだろう。

たった一度だけ、マルコが自制心を失ったことがある。そのためにすべてが一変した。たったひとつの判断ミスから揺るぎない平穏な人生を台なしにしたのだ。

客間に入ってもマルコは座ろうとしなかった。ズボンのポケットに手を突っこみ、眉をひそめた緊張した面持ちでペイトンを見つめる。「今日初めてマリリーナと喧嘩《けんか》した」

それは予期せぬ言葉だった。ペイトンは膝の上で両手を組み、背筋を伸ばした。

「きみのことで」マルコが平板な声で続けた。「きみがいると、ぼくは落ち着かない。マリリーナはそれを知っている。ぼくが怒りにかられていることも。彼女は――」言葉を切り、歯を食いしばる。「きみをかばった。彼女はきみが好きらしい。きみに優しくしてほしいと頼まれた」マルコは視線をそらし、唾《つば》をのみこんだ。「ぼくはかっとなった。彼女はきみのことを知らないし、きみがどれほど危険かわかっていない」

「わたしは危険でもなんでもないわ」ペイトンは静かに否定した。「ここへ来たのは、あなたたちのあいだに楔《くさび》を打ちこむためじゃない。それはすでに話したでしょう」

「だったら、きみがすべてをぶち壊すのではないかと不安になるのは、なぜなんだ?」

「さあ」ペイトンは、怒りがくすぶる彼の目から目をそらすことができなかった。

マルコが乾いた笑い声をあげる。「ぼくは今、しなければいけないことを山ほど抱えている。そのどれひとつとして、集中できない。ダンジェロの五十周年記念行事、二カ月半後に控えた結婚式、春のコレクションの準備。そこへもってきて、これだ。くそっ」彼はため息をつき、さらに続けた。「ぼくはマリリーナを愛している。ぼくたちのあいだにきみを立ち入らせるわけにはいかない。きみをどう扱ったらいいのか。ホテルに移すべきか、帰国させるべきかわからないが、とにかくマリリーナを巻きこみたくない」

ペイトンはかすかにうろたえた。少なくとも今はまだ帰国するわけにいかない。決めなければならないことがあるうちは。「邪魔にならないようにするわ。控えめに——」

マルコはふたたび乾いた笑い声をあげて彼女の言葉をさえぎった。「控えめにだって?ペイトン、きみは炎の化身だ。きみが入ってきたとたん、部屋中が燃えあがる」

「努力するわ」

「単にきみだけのことじゃないんだ。なぜかわからないが、きみはぼくのなかの何かを変える。ぼくはきみを無視できない……」マルコは心のなかで悪態をつき、首を振った。「どうしてなんだ?」

ペイトンの目が大きく見開かれ、心臓が飛びはねた。彼はまるで無関心だと思っていたのに。気にもとめていないと思っていたのに。「結婚していたからよ」かすれた声で答える。「つまり……男女の関係があったから」

マルコの笑い声に、ペイトンはばかにされた気分を味わった。「これまで何人もの女性と関係を持ったが、部屋に入ってきても何も感じなかった」熱っぽいまなざしがペイトンの体をさまよう。「だけど、このままにはしておけない。きみに引きつけられるままに、またしてもすべてをぶち壊すようなまねはしたくない。そんなことをしたらマリリーナをひどく傷つけてしまう」

警告はペイトンだけでなく彼自身にも向けられていた。二人の視線がぶつかり、からみあう。

玄関ドアの開く音がした。「マルコ!」マリリーナの震える声が玄関広間に響いた。「マルコ、いるの?」

マルコとペイトンの視線はなおもからみあったままだった。唐突にマルコが視線をそらした。

マリリーナが客間に姿を見せた。「わたしったら、ばかだったわ」彼女は声を詰まらせ、マルコのそばに駆け寄ってきた。「動揺していて、注意していなかったの」

マルコは彼女のこめかみに手をやった。「血が出ているじゃないか」

「かまわないわ」

「何があったんだ？」

「信号機にぶつかったの。わたしたちのことで気が動転して、ぼうっとしていたんだと思う……気がついたら目の前に信号機があったの。ブレーキを踏む暇もなかった」

「なんてことだ《サント・チェーロ》！　大丈夫かい《コメ・スタ》？」

「平気《ベーネ》よ。わたしは無事だから。でも車が――」

「車なんかどうでもいい」

「よくないわ。あなたからもらった大事な車ですもの」

「新しいのを買ってあげるよ。じっとして。けがの具合を見てみよう」マルコは彼女の顎を上に向かせ、青ざめた顔を心配そうに見つめた。「額の傷はどうしてできたんだ？」

「何かにぶつけたの。窓かハンドルに。でも、なんともないわ」

「医者に診てもらったほうがいい。病院に行こう」マルコは振り返り、ペイトンを見た。

ほんの一瞬、二人の視線がからまった。先ほど起こりかけたことを二人とも思い出していた。マルコはマリリーナの体に腕をまわして玄関に向かった。

ペイトンはマルコからの電話を待っていた。子供たちがパジャマ姿で人形と遊んでいるあいだ、電話機を見つめつづけた。

待つのはいつだってつらいものだ。

二年前、ミラノを離れてサンフランシスコに戻ったとき、毎日がはてしなく長く思えた。最初の一カ月半は最悪だった。ペイトンは電話機に釘《くぎ》づけになった。彼が電話をかけてくるかもしれない。手紙をくれるかもしれない。彼女は一日に何回も郵便受けを確かめに行った。だが結局、なんの連絡もなく、この苦しみから逃れるためならどんな犠牲もいとわないとさえ思った。

夜は昼間よりさらに長く感じられた。子供たちに見せないようこらえていた涙が、夜になると堰《せき》を切ってあふれだす。言いようのない悲しみが胸をふさぎ、何時間もさめざめと泣いた。マルコとの暮らしはさして長くなかったのに、なぜこれほど惨めになるのか、自分でも説明がつかなかった。

涙で枕がぐしょぐしょになったころ、ただ悶々《もんもん》としているのが耐えられなくなり、胸の内を手紙にしようと思いたった。だが気がつくと、二つの言葉で紙面がいっぱいになっている。

寂しい、寂しい、寂しい……。

愛している、愛している、愛している……。

玄関ドアの開く音にペイトンははっとわれに返った。誰が来たのか確かめようと子供たちが先に玄関に駆けつけた。マルコだった。

「どうだったの?」子供たちに続いて玄関広間に出たペイトンはマリリーナの容体を尋ねた。ジアはマルコのまわりを飛びはねているが、リヴィアは不安そうに彼を見上げている。

「彼女はハンドルに頭をぶつけたらしい。検査のため、ひと晩入院することになった」

「脳震盪《のうしんとう》?」

「ああ」彼は髪をくしゃくしゃにした。「明日の朝には退院できると思うが、あとでまた行くと彼女に約束した。病院にいるのは楽しいものじゃないからな。彼女にはもう親しい身内がいないんだ」

「わかるわ」ペイトンにも身内はひとりもいなかった。

マルコが腕時計を見た。「夕食の前に急いでシャワーを浴びて着替えなければ。食事がすんだら、病院に戻るつもりだ」

夕食はふだんと変わりなく思えた。きちんと座って食べなさいとペイトンは再三ジアに注意した。リヴィアは行儀よくしていたが、それでも声をかける必要があった。

「もう二口食べて、リヴ」ペイトンは娘を励ました。「おなかがすいて夜中に目を覚ましたくないでしょう」

マルコは子供たちとおしゃべりするときはほとんど英語だが、ときおりイタリア語をさしはさみ、二人がちゃんと理解するのがわかると満足そうだ。どちらも簡単な日常会話はこなせたが、ジアよりリヴィアのほうが上手だった。

「どうやってこんなにうまくなったんだ？」マルコがペイトンに尋ねた。

「イタリア人の友達がいるのよ」平日の午後と隔週の週末、イタリア人の大学講師が自宅まで来てくれる。だが、彼女が見つかるまでペイトン自身が教えていたことは黙っていた。

玄関のベルが鳴ったのは、ちょうどデザートが出されたときだった。メイドのひとりが現れ、マルコに何やら耳打ちした。彼はメイドに客を通してくれと言った。

黒いコートを着た若い女性がすぐに姿を現した。彼女は笑みを浮かべて革のバッグに手を入れ、サテンのリボンで縁取りされた水色の毛布を得意げにとりだした。

ジアが歓声をあげて毛布に駆け寄り、リヴィアもそのあとを追った。

女性が毛布を手渡すと、ジアは毛布を抱きしめて頬ずりした。

ペイトンはちらっとマルコを見た。彼は腕を組んで椅子の背にもたれ、小躍りするジアとリヴィアを見つめている。

幸せははかないものだが、この瞬間の幸せは意義深いものだった。「ありがとう、マルコ」ペイトンは感謝をこめてささやいた。

マルコは振り向き、いっとき彼女を見つめてからほほ笑んだ。「どういたしまして」

子供たちに喜びをもたらしたことが彼を幸せな気分にさせているのだとペイトンは思った。

しかし、夕食が終わるとすぐにマルコが席を立ち、ペイトンはたちまち喪失感にとらわれた。これまでいろいろあったにしても、マルコと一緒にいるのは今でも楽しいし、気心の知れた間柄のように彼が接してくれるのがうれしかった。

「病院に戻らなければならない」ドアに向かいながらマルコが言う。「出かける前に何かしてほしいことはないかい？」

「別にないわ」答えると同時に、ペイトンはまたしても本心を否定している自分に気づいた。

4

ややこしいことになりはじめている。翌朝ふたたび病院に向かいながらマルコは思った。

この二年間、彼は結婚が破綻《はたん》したのも家庭が崩壊したのもペイトンのせいにしてきた。子供たちを連れてカリフォルニアへ帰ったことで、彼女が一方的にぶち壊したのだと自分に言い聞かせてきた。だが心の底では、彼女だけのせいでないのはわかっていた。関係をだめにした責任は自分にもある。たしかに彼女はサンフランシスコに帰ってしまったが、そうさせたのは自分だ。

子供たちが戻ってきた今、マルコは二人と同じ屋根の下で暮らせるのがうれしかった。とはいえ、ペイトンに関しては別だ。

いまだに彼を動揺させる力が彼女にあるわけがない。いかなる影響ももたらすはずがない。しかし彼女のそばにいると、今でもマルコは強烈な感情に揺さぶられ、抑制がきかなくなる。

ずっとそうだったように。

カルロ・ヴェッリの誘惑の手からペイトンを救いだした晩、マルコは一時的に自分を見失った。彼女にすっかり心を奪われ、自制がきかなくなった。彼とボルジアーノ家のプリンセスはずっと以前から親も認めた間柄で、いずれ結婚するものと誰もが思っていた。ところが、豊かに波打つ赤毛のアメリカ娘にダンスを申しこんだのがきっかけとなった。以来、彼の人生は一変してしまった。

マルコは退院の手続きをすませ、マリリーナを家まで送っていった。彼女は瀟洒《しょうしゃ》なタウンハウスにメイドと二人で暮らしている。プリンセスから目を離さないようにとメイドに忠告し、婚約者が落ち着いたのを見届けてからマルコは店に向かった。

ＢＢＣの取材班が家具をあちこち移動したり、照明器具やマイクを設置したりと、蜂《はち》の巣をつついたような騒ぎが待ち受けていた。

インタビューは午後だと思っていたのに、今朝到着する予定だった服飾研究家が来られなくなったらしく、早めに撮影を始めてもいいかと担当者がマルコに尋ねた。

少しもかまわない。そうすれば午後の時間があくので、今日予定している香水の広告写真の撮影現場に顔を出すことができる。

マルコはインタビュー用の席に着き、あっというまに時間は過ぎていった。父のことを語るのは楽しかった。父と二人ですばらしい作品を生みだしてきた。亡くなった今も、父の想像力は彼を鼓舞しつづけている。

撮影が終了すると同時に、ドアから小さな頭が二つのぞいた。「こんにちは《チャオ》、パパ！」そう言ったのはリヴィアだった。はにかんだ感じだが、声ははずんでいる。「わたしよ《ソノ・イーオ》！リヴ」

マルコはにっこりし、シャツからはずしたマイクを音響係に渡して、戸口に歩み寄り、リヴィアを抱きあげた。「ああ《シー》、わかっているよ」頬にキスをし、批判的なまなざしで父親を見上げているジアに視線を移す。「こんにちは《ブォンジョルノ》、ジア」

ジアは両手を腰に当てた。「こんにちは《ブォンジョルノ》、パパ。元気？」

「とっても《ベーネ》。きみはどうだい？」

唇の端がかすかに上がったが、ほほ笑むまいとジアは決心しているようだ。「まあまあよ《ノン・マーレ》」

まあまあか。マルコはほほ笑むのをやめた。この子はいつか手に負えなくなるだろう。美しく、気骨がある。母親と同じように。いきなり彼は振り返り、ペイトンの姿を捜した。

彼女は子供たちの背後に、階段の陰になかば隠れるようにして立っていた。「お邪魔してごめんなさい」前に進み出てジアの頭に片手を置く。「あなたが働いているところを子供たちが見たがったの。それに散歩にはうってつけのさわやかな日だから」

七分袖《そで》の黒いタートルネックのセーターに、アイスキャンディを連想させるオレンジとクリーム色の横縞《じま》のスカートという装いは、セクシーで小粋《いき》に見えた。足元は黒いハイヒールで、長い髪はポニーテールに結ってある。

「その靴で歩いてきたのか？」信じられないという顔でマルコは尋ねた。

ペイトンがにっこりする。「途中までね。そのあとはタクシーを拾ったの」

「なるほど」

彼女が着ている大胆な色使いとはっきりした柄の服がマルコは気に入った。ほかの女性では、その強烈な色合いに負けてしまいそうだが、ペイトンにはよく似合っている。

「イタリア人のように見えるね」マルコは近づいていき、両頬にキスをした。彼女がかすかにほほ笑むと、頬にえくぼができるのが目に入った。彼女はなんとも言えないすてきなにおいがする。キスした頬はサテンのようになめらかだ。

「ありがとう」顔中に笑みが広がり、青い目が楽しそうに輝いた。「わたしがデザインしたの。去年の秋のコレクション用に」

「とてもいいね。売れたのかい？」

目の色が濃さを増した。「飛ぶように」

「横縞は実物以上には見せないということになっているが」

ペイトンは声をあげて笑いそうになった。「縞の幅を変えれば問題ないわ」マルコはからかっているのだ。それを大いに楽しんでいる自分に驚いた。オペラを観劇したあの晩も彼は陽気で屈託がなかった。だがそのあと、彼は変わった。「そろそろわたしたちは帰ったほうがよさそうね」ふと気づくと、部屋のなかの全員が見ていた。「あなたの手を止めさせてしまったみたい」

「きみはいいときに来たよ。収録はちょうど終わったところだ。今から広告写真の撮影現場に行くつもりなんだ」

「広告写真?」ジアが興味深げに尋ねた。

「雑誌に載せる写真のことだよ」

「あたしたちも見に行っていい?」リヴィアがマルコの胸を叩《たた》く。「いいでしょう?」

「もちろんいいよ。でも、まずはきみたちのママにきいてからにしよう」マルコはペイトンに向き直った。「よかったら一緒に来ないか。ただし、問題含みの撮影だということは承知しておいてほしい。これにはずっと頭を悩ませているんだ」

「何が起こっているの?」広告に関する悩みはペイトンも経験からわかっている。

「全体的に思わしくない。生気に欠けるというか。すでに二度も撮り直したんだが。一緒に来て、その目で見ればわかるさ」

マルコの運転手は四人を街はずれまで運び、無数の倉庫が立ち並ぶ商業地区で降ろした。写真家や芸術家の多くが広々としたロフトをスタジオやアトリエにしている。香水の広告もそのひとつで撮影されていた。

エレベーターで最上階に上がると、ペイトンは子供たちをスタジオの隅に座らせ、静かに見ているよう注意した。二人はペイトンの仕事場にもたびたび行っているので、邪魔しないようおとなしく座っていることには慣れている。

「ちょっとこれを見てくれ」マルコはペイトンに絵コンテを渡した。「どう思う？」

ペイトンは小首をかしげた。「きれいだわ」

「なあ、もっとましな意見が言えるはずだろう」

「きれいよ」ペイトンはためらいながらも繰り返した。「それに優雅で、洗練されているわ」

「正直に言ってくれ。気を悪くしないから。問題があるのはわかっているんだが、うちの香水部門の主任は――」彼は声を落とし、そばを通りすぎた小柄な女性を顎で示した。「独自の案を持っている」

「これがそうなの？」絵コンテをぱらぱらとめくりながらペイトンは尋ねた。

「妥協案ってところだ」

鼻にしわが寄る。「少しばかり平板ね」少し間を置いてペイトンは評した。「なんというか……若さが感じられないわ」

「わかっている。もしこれがきみのところの広告だとしたら、どう変える？」

ペイトンはゆっくり息を吸いこんだ。彼は本気できいているのかしら。「これはうちの広告じゃないわ。わたしはカルヴァンティの人間で、あなたはダンジェロよ」

ずだ」

「そのとおり。でも、かつてはぼくの店で働いていたんだ。ぼくのことはわかっているは

ペイトンは目を上げ、マルコと視線を合わせた。彼は返事を待っている。「あなたの基準は知っているかもしれないけど、口出ししたくないの。この広告には相当のお金が――」

「だからこそ、きみの意見が聞きたいんだ」黒い目がペイトンの顔を探るように見つめる。「きみにはデザインを見分けるすぐれた目と直感力がある」

単なるお世辞？　ペイトンは腕組みした。「つまり、カルヴァンティはダンジェロの名前を理由にわたしを雇ったわけではないってことね」

マルコの目がきらっと光り、唇がゆがんだ。彼は背後にいる子供たちを見やり、ペイトンに視線を戻した。「それだけではなかった」

不服そうにペイトンは片方の眉を上げた。

マルコが口のなかで何やらつぶやく。「わかった、きみを社員にすることができて彼はラッキーだったよ。ダンジェロの名前とはまったく関係ない。きみは有能だ。とてもね。だけど、ここにいたらすぐれたデザイナーになっていただろう」

マルコの声ににじんでいるのは、残念だという思いかしら？　ミラノで彼のもとにいたら、より多くのチャンスと可能性があったかもしれないと？　それによって二人の関係も

別の形になりえたと言いたいの？

——狙《ねら》っている市場はどの年代層なの？」市場報告書を読んでいないので、ペイトンにはそのあたりがわからなかった。

「二十代ないし三十代だ」

「若さにあふれた世代ね」ペイトンは絵コンテにもう一度目を通した。「色使いはぴったりだわ。赤いドレスはきれいだし——」

「ダンジェロの代表作だ」マルコがさえぎった。

「ええ、知っているわ。あなたのお父さまが発表した最初のイブニングドレスよね」ペイトンは彼を見上げてほほ笑んだ。「彼の作品についてはひとつ残らず言えるわ。何年も研究したもの」

「で、大金を失う前に、この広告にどう手を加えたらいい？」

「モデルがなんだか眠そうに見えるわね」イラストレーターが描《か》いたデッサンをペイトンは軽く指で叩いた。「しかも退屈みたいだし。年輩の女性に香水を売るんじゃないでしょう。スリルと冒険を求める現代女性が対象なのよね」

「どう変える？」

「セットはこのまま使えると思うの。ダンジェロの赤いドレスも。真紅は時代を超越した、いつの世にもモダンな色だから。でもモデルの手袋をはずして、長椅子から立ちあがらせ

明してもらう」

「いくつか変更するから、スタイリストとアートディレクターを呼んでくれ。詳細はペイトンに説明してもらう」

「わかった」マルコはすばやく振り返り、香水部門の主任マリアを手招きした。

この広告にふさわしいイメージをペイトンは説明した。

説明が終わると、マリアは撮影セットを横目で見た。「ぴんとこないわ。モデルを踊らせるのが効果的とは思えないけど」

「ぼくの金だ」マルコは肩をすくめた。「とにかく、それで撮ってみよう」

ペイトンは背後にいる双子を見やり、二人がそわそわしはじめているのに気づいた。

「二人とも飽きてきたみたい」

「たしかに」マルコは携帯電話をとりだした。「ピエトラを呼んで二人を連れて帰ってもらおう。ピエトラはかつて幼稚園の先生で、きみたちがここにいるあいだ、雇ったんだ。友人たちは彼女によく頼むらしくて、すばらしいシッターだと言っている。きみも気に入ると思うよ」

三十分後、ピエトラがクッキーと絵本を持ってやってきた。「おうちでお絵描きしたくない？」二人にクッキーを渡して彼女は尋ねた。「パパがあなたたちにすてきなクレヨンを買ってくれたわ」

双子は大喜びし、ペイトンとマルコに元気よくさよならのキスをした。

子供たちがいなくなるとスタジオはぴんと張りつめた空気に包まれ、さっそく撮影が始まった。肩があらわで、胸元が大きく開いた、体にぴったりしたダンジェロの真紅のドレスを身にまとったモデルは、長椅子にけだるそうに寄りかかる代わりに、降ってくる赤い紙吹雪をつかもうと両手を高く上げ、軽快にステップを踏んでいる。もはや抑制された感じはなく、紙吹雪の雨のなかで彼女は頭をのけぞらせて陽気に笑っている。

「古きものと新しきものの融合だな」マルコが静かに言い、満足そうにうなずいた。「彼女はダンジェロのクラシックなドレスを着ていながら、紙吹雪と無邪気に戯れている」

ペイトンは彼を見上げてほほ笑んだ。「ダンジェロの気品と現代女性の大胆さがひとつになったってわけね」

「まさしくそのとおり」

心の底から満足しているのが彼の口調からうかがえる。ペイトンはぞくぞくする興奮をおぼえた。マルコと仕事をしたのは初めてだが、不自然な感じはない。

これっぽっちもない。

「非常にいい《ベニッシモ》」カメラマンが撮りおえるとマルコは言った。「気に入ったよ。これで決まりだ」

二人がスタジオをあとにしたとき、街には黄昏《たそがれ》が迫っていた。マルコはペイトンのためにフェラーリのドアを開けた。

「おなかがすいただろう。今日は昼食をとりそこねたから」

仕事で昼食をとりそこねたことなどたびたびあった。「新車なの?」ペイトンは助手席に乗りこんだ。黒いフェラーリのなかは、上質な革のにおいと彼のコロンの香りがする。

「買ったのは二年前だ」マルコは運転席に身をすべらせた。

「気に入ったわ」ペイトンはすばやく横目で彼を見た。顎にはうっすらと髭《ひげ》が伸び、ふさふさした前髪が額にかかっている。急にみぞおちのあたりがざわつき、彼に触れたくなった。

マルコが車をスタートさせた。「力を貸してくれてありがとう。今日のきみは実に冴《さ》えていた。期待どおりだったよ」ほどなく車は街の中心部に向かう高速道路に乗った。「マリアをどう思う?」唐突な質問だった。

香水部門の主任は黙って控えていたが、ペイトンの介入を快く思っていないのは明らかだった。「今はまだ未知数ね」彼女は慎重に言葉を選んだ。

「冒険心に欠けているということか」

マルコのスタッフを批判するのはいやだ。シャープなラインのカルヴァンティに比べて、ダンジェロは洗練されているけれども、概して保守的な傾向がある。「わからないわ。彼女の感じがつかめなくて。たぶん有能なんでしょうね」

マルコが探るような目で見つめてくる。「つまり彼女に好感を持っていないわけだ。今の仕事に向いてないいと思っているんだね」

「わかったわ、正直に言うわよ。彼女が香水部門に向くかどうかはわからない。香水は競争が激しいもの」

「きみなら彼女をどの部門に置く？　生地？　家具調度？」

「服飾小物よ。彼女は上品でクラシックな線が好きみたい。ダンジェロの革製品はとてもクラシックでしょう。靴とかバッグとかベルトとか」

街の明かりが灯《とも》りはじめたころ、車は高速道路を降りて旧市街に向かった。

「きみの提言をマリアに話すつもりはないよ」帰りを急ぐ車で渋滞した狭い通りを巧みに抜けながら、マルコは苦笑を浮かべた。「彼女は服飾小物なんか退屈だと思うに違いない」

「バッグはデザイン・ハウスに富をもたらすわ」

マルコは笑い声をあげた。「きみは利口になったね」

「昔からよ」ペイトンが言い返す。「今はさらに賢くなっただけ」

「どっちにしろ、いいことだ」マルコは路肩に車を寄せて止めた。「昼食をとりそこねたから、軽く食事をしよう」

レストランでテーブルに案内されたあと、ペイトンはひと言断って化粧室に向かった。マルコはその後ろ姿を見つめた。ほとんどの客が通りすぎる彼女に視線を向けている。

ペイトンにはある種の魔力がある。たしかに美人だが、単に美しい容貌《ようぼう》だけでなく、あふれんばかりの活力が人の目を引きつけるのだ。全身がきらめきを放っているように見える。

今夜の彼女はいちだんと光り輝いている。

ペイトンがテーブルに戻ってくると、マルコは立ちあがって彼女のために椅子を引き、ワイン係に手を上げて合図した。

「ミラノに戻ってこようと考えたことは？」

「戻ってくる？」

「ああ。ここで仕事を見つけるのはまったく問題ないはずだ」

「問題なのは仕事のことではないわ」

「実を言うと、きみにダンジェロに戻ってほしいと思っている」

「マルコ」彼と視線が合った。ペイトンは首を振った。「それはありえないわ」

「あの子たちを失いたくない」急に思いたったかのような言い方だった。「解決策はあるはずだ。二人で責任を分かちあう方法が」

「養育権という意味？」

「ああ。休暇だけでなく、もっと多くの時間を子供たちと過ごしたい。他人ではなく、父親になりたいんだ」

それはペイトン自身、子供たちのために望んでいることだった。二人をここへ連れてきたのもそのためだが、自分が子供たちと過ごす時間が少なくなるかと思うと怖かった。

「あの子たちはあと二週間ここにいられる――」

「そのあとはまた連れて帰るんだろう？　遠く離れているのは耐えられない。子供たちのためにもならないし、ぼくたち全員のためにならない」

「それはそうね」

「だから、ミラノに戻ってくることを考えてみてほしいんだ。きみはイタリア語が話せるし、この街にも慣れているし、ファッション業界に携わっている。ここはきみにうってつけの場所だ」彼はテーブルに身を乗りだした。「あの子たちは幸せになれるだろう。それはわかっている。そしてぼくも」

胸がどきっとした。幸せという言葉を彼はどういう意味で口にしたのだろう。別居などせずに理解する努力をすればよかったと後悔しているのかしら？　ペイトンは思いきって尋ねたかったが、彼がほかの女性と婚約している今、それはふさわしい質問とは思えなかった。

それでも、彼の言葉に希望をいだかずにはいられない。別れなかったら人生はもっと単純だったかもしれないと思うことが、これまで何度かあった。

何が二人の関係をそうさせたの？　なかにはうまくいく人たちもいるのに、自分たちと何がどう違うの？

前菜が運ばれてきた。やがてパスタとサラダを食べおえ、テーブルが片づけられると、マルコは話を再開した。

「二人で子供たちを育てられない理由はない。きみもぼくもあの子たちを愛している。最善のことをしてやりたいと願っている」

ペイトンはワイングラスを押しやった。「あの子たちに期待を持たせるだけよ」しばし考えたあと、かすれた声で言う。「わたしたちがまた一緒になるかもしれないと二人は思うでしょうから」

「ぼくがマリリーナと結婚すれば、思わない」

「子供にはそういうことは理解できないわ。ママとパパがいるのが家族だと思っているもの」

マルコはいらだちを見せた。「じゃあ、ママが二人になったと言えばいい。いつかパパも二人になるかもしれないと」

ペイトンはたじろいだ。ほかの誰かに恋をするなんて想像もつかない。別れた今もマルコを愛している。出会った瞬間からずっと愛していた。

「これまできいたことはなかったが、つきあっている相手はいるのか？」

喉が締めつけられた。「いいえ」

「忙しすぎて？」

ペイトンは無理してほほ笑んだ。「そんなところかしら」

マルコは手を伸ばして彼女の手をとった。思いがけない触れ合いにペイトンはどきっとした。「ぼくたちがなぜああいう結果になったかわからない。自分でもわからないうちに始まり、終わっていた。だけど、きみを嫌いなわけではないんだ。ぼくはきみの敵ではない。敵だったことは一度もない」

ペイトンの心はもろくも崩れそうだった。「妊娠したわたしをあなたは憎んだわ」

「憎んだりするものか。ぼくはきみが好きだった。だけど、敷かれたレールがあった」

「敷かれたレール？　なるほどね」高ぶる感情を抑えようとペイトンは唇を噛《か》んだ。「あなたとプリンセス・マリリーナは理解しあっていたわ。わたしはそのあいだに割りこんだ」

マルコがため息をつく。「ぼくたちは長いつきあいだった」

「知ってるわ」

「ぼくは彼女に恩があった」

「あなたは彼女を愛していたわ」喉をふさぐ塊をのみこむ。「でも、わたしを愛してはいなかった」

「そんな単純なことではない」

「あなたはわたしを好きだったと言ったけど、愛してはいなかった。わたしは手ごろな遊び相手だったのよ……一夜限りの」

マルコは心のなかで悪態をついた。「そんな言葉は嫌いだ」

「ぴったりよ」

「いやな含みのある言い方だな」

「でも、ぴったりよ。でしょう？」ペイトンは彼の視線をとらえて言った。

5

二人の視線がぶつかり、からみあった。マルコの黒い目には冷酷さも怒りも軽蔑《けいべつ》もなかった。

彼は目の前のペイトンではなく、あの正装パーティで倍も年かさのデザイナーに酔っ払って言い寄られ、なんとか逃れようとしていたペイトンを見ているようだった。

「ぼくに下心はなかった」張りつめた長い沈黙のあと、マルコは言った。血の気がうせるほど顎を引きつらせている。「きみを助けようとしただけだ」

ペイトンのなかでは過去と現在がせめぎあっていた。彼に救われ、二人の人生が一変したあの瞬間が鮮やかによみがえる。「たしかにわたしを助けてくれたわ」

マルコの視線はまっすぐに彼女をとらえたまま離れない。「ひょっとすると、助けないほうがよかったのかもしれないな」

「あなたの好敵手に誘惑されたほうがよかったというの？」ペイトンは笑おうとしたが、出てきたのはかぼそい悲しげな声だった。

マルコはかろうじて笑みを浮かべた。「あの晩、きみはぼくを笑わせた。うちのデザイナーの卵を誘惑しようとしたカルロにぼくはひどく腹を立てていたのに、きみが怒りを忘れさせてくれた。ぼくたちはおしゃべりをして、ダンスを楽しみ――」そこで言葉を切り、首を振る。「二人ともうぶだった」

マルコの顔から笑みが消えた。

「あの場だけではすまなくなることを、ダンスでさえ危険だということを、わかっておくべきだった。少なくともぼくは分別を持つべきだった」

当時マルコがプリンセス・マリリーナと結婚するつもりでいたことはペイトンも知っていた。正式に婚約はしていなかったが、二人が昔から将来を約束された間柄だというのは噂《うわさ》で耳にしていた。だがどういうわけか、あの晩はそれが頭から消えていた。ずっとあこがれていた彼にダンスを申しこまれ、ウエストに腕をまわされたとき、自分はこの世でいちばん幸運な女性かもしれないと思った。

「わたしも思慮に欠けていたわ」ペイトンは力なく言い、視線をそらした。「あなたはプリンセスと将来を約束されているという噂を聞いていたのに、あの晩のわたしは夢見心地でうっとりしていた。スカラ座でのオペラ観劇、トラサルディ宮殿での正装パーティ、そしてあなた」

マルコが眉根を寄せて見つめている。

「舞踏会に出たシンデレラみたいな気分だった」ペイトンは奥手で処女だったが、マルコにキスされたとき彼女のなかで何かが起こった。頭が空っぽになり、抑制がきかなくなったのだ。「わたしはわれを忘れ、終わるまで何も考えられなかった」

マルコの唇の端がわずかに上がった。「そんなにぼくはよかったかい？」

ペイトンは顔を赤らめた。胸の鼓動が激しくなる。彼は〝よかった〟なんてものではない。最高だった。高ぶる感情を静めようと、彼女はすばやく息を吸いこんだ。「申し分なかったわ。そしてわたしにとって初めての体験だった」

暗い通りを家に向かうあいだ、二人は終始、無言だった。ペイトンは窓の外に目をやり、通りすぎる街並みをぼんやりと見ていた。

二人ともうぶだったと彼は言ったけれど、そのとおりだ。とくにわたしは。オーラや神秘的なものの存在をそれまで信じたことはなかったのに、スカラ座での幕間《まくあい》に華やかに着飾った人々にまじったマルコを見たとき、ペイトンははっきりそれを感じた。あたかも運命と未来がきらびやかな光のなかに浮かびあがったかのようだった。

振り返った彼にまっすぐに見つめられた瞬間のことは、一生忘れないだろう。

タキシード姿の彼は蝶《ちょう》ネクタイをはずし、白いシャツの胸元を開けていた。黒い髪は長めで糊《のり》のきいたシャツの襟にかかり、前髪が無造作に額にたれていた。

彼はペイトンに目をとめ、片方の眉をわずかにつりあげた。彼はとてもセクシーで……ほんの少しいたずらっぽく見えた……そして二人の目が合った瞬間、ペイトンは自分の将来を垣間見た気がした。

休憩時間の終わりを知らせるベルが鳴り、彼をとり巻く一団が移動を始めた。ペイトンはその場に釘《くぎ》づけになったまま、去っていく彼の後ろ姿を見つめていた。しかし第六感のようなものが、これっきりではないと告げていた。

車が急なカーブを曲がる瞬間、ペイトンはドアの取っ手をつかんで体を支えた。たしかにあの晩、スカラ座では終わらなかった。まだ始まってさえいなかった。

フェラーリを車庫に入れ、マルコはようやく沈黙を破った。「昼間の写真撮影のことだが、きみの案は完璧《かんぺき》だった。あれ以上は望めないだろう。それほどすばらしい出来だった。ありがとう」

「どういたしまして」

一瞬ためらい、マルコはエンジンを切った。「マリリーナは子供の扱いがうまい。彼女はあの子たちを大切に思っている。きみも予想しているかもしれないが、いつかぼくたちも自分たちの子供を持ちたいと願っている」

こんなすばらしい一日のあとで、なぜ今彼がそれを口にする必要があるのか、ペイトンにはわからなかった。「ええ」

「マリリーナはすばらしい母親になるだろう」

「そうでしょうね」ペイトンは弱々しく応じた。

「少なくともひとりか二人はできるだろうが、ジアとリヴのことも決してなおざりにしないとマリリーナは約束した。あの子たちはいつだって大切な存在だ」

もし彼がわたしを安心させようとしているのなら、失敗だわ。ペイトンは膝の上で組んだ両手に視線を落とした。「どこに住むつもりなの？」

「ここだよ、もちろん」

彼の家。わたしたちの家。彼とわたしがかつて一緒に暮らした家。思い出がどっとよみがえり、胸がうずく。「そうね」ペイトンはマルコを見上げた。まぶたの奥がじんと熱くなってくる。涙ぐんでいるのを彼に気どられないよう、彼女は目をしばたたいた。

子供たちはまだ起きていた。寝かしつける前にペイトンは二人に本を読んでやった。やがて、マルコが子供部屋に入ってきた。ペイトンは立ちあがり、彼に場所を譲った。マルコがジアとリヴィアと一緒にお祈りをし、おやすみのキスをするのを、戸口から見守る。リヴィアが彼の首に両腕を巻きつけている。それを見て、ペイトンの胸は痛んだ。

「愛しているわ、パパ」リヴィアがはにかんだ様子でささやく。

「ぼくも愛しているよ」マルコは娘にキスで応《こた》え、二人の顔を見下ろしてから、それぞれの頭をそっと撫《な》でた。「おやすみ《ブオナノッテ》、おちびさんたち《バンビーニ》」

ペイトンはマルコに続いて部屋を出た。そろそろ彼に事実を打ち明けるときだ。楽ではないだろう。でも、覚悟はできている。

「一杯どうだい？」階段の上まで来たとき、マルコが尋ねた。

「ありがとう」

二人は彼の書斎に入った。漆喰《しっくい》の壁は床から天井まで書棚になっているが、本がおさまっているのは棚の半分だけで、残りの部分はブロンズ像や細密画や古美術品が飾られている。

「ぼくのところで働くことについて、少し考えてくれたかな？　ぼくは本気だよ」マルコは食後用の甘口のワインをグラスについだ。「ファッション地区の近くに住まいを見つけよう。実を言うと、スピガ通りになかなかいい家が売りに出ているんだ」それはダンジェロの本店からほんの数ブロック先の通りだった。「美しい中庭があって、どの部屋も広々として明るい。日当たりが抜群なんだ」

彼の言葉が音と感情の奔流となってペイトンをのみこんだ。「無理よ」返事をするまでかなり間があった。「少なくとも今は」

「どうして？」

「事情があるの。しばらくはここに移ってくるのは無理よ。少なくとも半年……一年は」

「あと一年も、あの子たちを連れていってしまうつもりなのか？」

「いいえ。二人は――」喉をごくりとさせる。「二人はここに置いていくわ」

「置いていく?」

高まる感情にのみこまれまいと、ペイトンは目を伏せた。あの子たちのためなのだと自分に言い聞かせる。ほかにどうすることもできないなら、二人の無垢《むく》な心を思いやってやらないと。

まぶたの奥が熱くなってくる。どっと涙があふれそうだ。ペイトンは逃げだしたかったが、どこにも行き場がないのはわかっていた。もはや頼れる相手はひとりもいない。

マルコしか。

赤裸々な現実に直面し、めまいをおぼえた。脚の力が萎《な》え、今にもその場にくずおれそうだ。彼女は懸命に涙をこらえ、意志の力を総動員してなんとか自力で対処しようとした。

「ペイトン、どういうことなんだ?」

強い口調に、ふたたびペイトンの気持ちはぐらついた。彼にすべて打ち明けたいと思う一方で、恐怖心もつのる。言いたくない病名を口にすることへの恐れが。それがどれほどの威力を持っているかよく知っている。母と伯母の身に起こったことを目の当たりにしてきたから。

「ペイトン、話してくれ」

「話せそうにないわ」

マルコはすばやくペイトンに歩み寄り、二の腕をつかんだ。「どうして？　どうしてぼくに話せないんだ？」

彼女が答えようとしないので、マルコは顎を持ちあげ、目と目が合うようにした。

「ペイトン、きみはほかの誰よりぼくのことを知っているじゃないか」

「そこが問題なのかもしれないわね」

熱いまなざしが彼女の心を貫いた。

「なんてことだ、きみはぼくをおかしくさせる」マルコは口のなかで小さく悪態をつき、いきなり顔を傾けると、飢えたように唇を重ねた。

激しく強烈なキスに息が詰まり、ペイトンは頭がくらくらした。まるで心臓がねじれて真っ二つになったようだ。彼女はマルコのシャツにしがみついた。

こんなキスをする男性は、こんな気持ちにさせる男性はマルコ以外にひとりもいない。彼への燃えるような思いはまだ断ち切れていない。たぶん永久に消えないだろう。

唇のすきまから小さな叫び声がもれた。苦痛、喜び、否定といった相反する感情が胸のなかで激しく入り乱れている。いったいわたしは何をしているの。トラサルディ宮殿の庭でも彼はこんなふうにキスをした。あのとき二人とも抑えがきかなくなり、行き着くところまで行った。そのあと何が起こったかは二人とも身にしみてわかっている。

それを繰り返すべきではない。でも、マルコが相手だと本能的に反応し、自分を抑えることができなくなってしまう。

彼女のすすり泣くような声がマルコをいっそうかりたてた。親指で彼女の頬を撫で、熱い舌で口のなかをまさぐる。

渇望感がつのり、ペイトンは悩ましげに身をよじらせた。両手で彼のシャツを握りしめ、固く張りつめた胸を彼の胸板に押しつける。体はほてり、うずいている。彼の手が腕から腰へと這《は》いおり、さらにぴったり抱き寄せられると、ペイトンは背中を弓なりにしてそれに応えた。

あとで彼は自己嫌悪に陥るに違いない、と胸の奥でささやく声がする。ペイトンははっとわれに返り、いきなりてのひらで彼を押しやった。

マルコの黒い目は熱っぽく光り、頬は紅潮している。

本当はキスを続けたかった。終わらせたくなかった。でも、マルコのことはよく知っている。ほんのつかのまでも自制心を失ったせいで彼が激怒することはわかっている。ここでやめなければ、厄介な事態になるのは目に見えている。

案の定、彼は鋭く息をのみ、苦々しげにつぶやいた。「いまいましい《マレディツィオーネ》！　なぜこんなことを……いったいどうしたんだ？」

「マルコ――」

「いや、何も言うな。きみが何か言えば、さらに悪くなるだけだ」

こわばったマルコの顔をペイトンはおそるおそる見つめた。

マルコは威嚇するように彼女のほうに一歩踏みだし、人差し指を突きだした。「ぼくは一度、マリリーナの心をずたずたにした。彼女は傷つきやすいんだ。きみとは違う」

「ごめんなさい。二度とあんなふうにはならないわ」

「ああ、絶対にな。ここから出ていってくれ。荷物をまとめて、きみの子供たちと一緒に出ていってもらいたい。今すぐに」

心臓が飛びはねた。「わたしの子供たち?」

「それはきみが望んだことだ。だから、二人をぼくから引き離したんだろう」

「マルコ」彼は怒りにかられて暴言を吐いている。その気持ちは理解できるけれど、子供たちまで邪険にするのはあんまりだ。

「きみは地球の反対側へ行ってしまい、父親であるぼくを他人にした。これはきみが招いたことじゃないか、ペイトン!」

ここは冷静に対処しなければ。「わたしはその償いをするつもりで――」

「どうやって?」彼は憤然としてさえぎった。「ぼくとマリリーナの仲をぶち壊すことでか?」

「何も壊れないわ。何も変わりはしないわ。大げさに言いたてるのはやめて。ただのキスじゃないの」

「ただのキス？　よくもそんなことが言えるな。ぼくは二カ月半後にマリリーナと結婚するんだ。それなのに、きみは平然とただのキスだと言うのか？」

　血の気が引いたマルコの顔は、頬骨とがっしりした顎の線が浮き出て、険しい表情にすごみを加えている。

「たぶんきみにとっては、キスくらいどうでもいいんだろう」彼は苦々しげに続けた。「だけど、ぼくは忠実な人間だ。わずかでも裏切るようなまねはしたくない。約束した相手がいるのに、別の女性と関係を持つなんてとんでもない。ところが、二度までもとうてい考えられないことをしてしまった。しかも二度とも相手はきみだ」

「ごめんなさい」

「なぜこうなるんだ、ペイトン？」

「わからないわ」

「ぼくもわからない。だけど……」自己嫌悪にかられたのか、マルコは唇をゆがめた。「これは間違っている。ぼくは自分が恥ずかしい」

　彼が恥じ入っているのは疑いようもない。「わたしは寝室へ行くわ。あなたはしばらくひとりになりたいでしょうから」

「それはぼくが要求したこととは違う」マルコは肩をそびやかした。「スーツケースを持って出ていってくれと言ったはずだ」

「マルコ、お願い――」

「だめだ！　話はすんだ。四年前に戻りかけたかと思うと、吐き気がする。きみの何がそうさせるのか見当もつかないが、今回はどうすべきかちゃんとわかっている。きみを追い払う」マルコの額に玉の汗が吹きだした。「今すぐ」

体から発散する熱気がはっきり感じられるほど彼は近くに立っている。彼は出ていけと強要している。でも、出ていくわけにはいかない。

今はまだ。

マルコは心のなかで悪態をついた。「きみが出ていかないなら、ぼくが出ていくまでだ」まるで汚らわしいもののようにペイトンのわきをさっと通りすぎた。「きみが出ていくまで、マリリーナとぼくは湖の別荘に滞在する」

彼を止めないと。行かせるわけにはいかない。

マルコがドアに達したとき、ペイトンは声を振りしぼった。「行く必要はないわ」

彼は足を止めたが、振り返ろうとはしない。

「わたしが出ていきます。荷物をまとめて」感情と理性がせめぎあい、混乱しつつもペイトンは続けた。「でも、子供たちを連れていくわけにはいかないの」

マルコは背を向けたままだが、ほんのわずか頭が斜め横を向いた。

「なにをばかげたことを言ってるんだ」彼の声は怒りで震えていた。

「ばかげたことじゃないわ。本心よ。二人を連れて帰れないの。わたしが化学療法を受けるところをあの子たちに見せたくないのよ」

彼は黙りこくっている。身じろぎもしない。

ペイトンは無理して続けた。「治療がどんなものか知っているわ。それが体にどんな影響をもたらすかも。そんな姿を子供たちに見せたくないの」

マルコはその場に凍りついたように立ちつくしていた。「化学療法？」

彼の声がひび割れている。ペイトンは舌で唇を湿らせ、大きく息を吸いこんだ。

「わたしは……」その言葉を口に出せるかどうかおぼつかなかった。声に出してそれを言ったことはない。誰にもまだ。「わたしは癌《がん》なの」

マルコはゆっくりペイトンのほうを向いた。思いもよらない言葉がにわかにはのみこめず、驚きの目で彼女を見つめる。だがペイトンはとり乱した様子もなく、落ち着き払っている。たぶん聞き違えたのだろうと彼は思った。でも、たしかに彼女が癌と言ったのを聞いた気がする。

「マミー！」部屋の外から子供の呼ぶ声が聞こえた。

ペイトンはドアを開けて書斎を飛びだし、階段に向かった。

「トイレ！」寝巻き姿のジアが階段の上に立っている。「ひとりじゃ怖いの」

ジアを寝かしつけてペイトンが書斎に戻ったとき、マルコの姿はなかった。

彼は外にいた。中庭の円柱に寄りかかっている。振り向かなかったが、足音を聞きつけたに違いない。夜空を見上げたまま、彼は尋ねた。「さっきの話は本当なのか?」

「ええ」

「別の医者の診断も受けたのか?」

「ええ。検査の結果を待っているところよ。だけど最初に診断してもらったのは、母の治療にあたった専門医なの」ペイトンは彼のわきを抜け、月光に照らされた中庭に立った。「そのとき見つかったのは幸運だったわ。発見が早ければ早いほど、助かる見込みは大きいもの」

「子供たちには話してないんだな」

「ええ」不安がこみあげくる。「わたしはあの子たちを愛しているのよ、マルコ。二人はわたしにとってすべてだもの」

彼の表情は変わらなかった。「ぼくに会いに来たのは、そういうわけだったのか。子供たちが旅行できる年齢になったからでもないし、二人がぼくを恋しがったからでもない。それはきみ自身の問題だったわけだ」

ペイトンが黙りこくっていると、マルコは小さく悪態をつき、首を振った。

「いまいましい《マレディツィオーネ》。まったくうかつだった。きみが自分から進んでぼくのところに来るはずがないのに。追いつめられたから来たんだな」

6

ペイトンは喉をごくりとさせた。たしかに彼の言うとおりだ。追いつめられていなかったら、彼に会いには来なかっただろう。

母の死はペイトンから選択の自由を奪った。ほかに身内はなく、彼女が治療を受けるあいだ、子供たちの世話を頼める相手はマルコしかいない。

だからここへ戻ってきたのだ。運命と状況のせいで、本来なら自尊心の許さないこともせざるをえなかったのだ。それは屈辱的なことだが、彼にすがるほかに選択肢はない。

「きみはほほ笑んでいる」マルコがぶっきらぼうに言った。

「ちょっとね。あなたの言うとおりだからよ。間違いを認めるのが苦手なのは知っているでしょう」

彫りの深いマルコの顔にはなんの表情も浮かんでいない。「プライドか」

「わたしにはつねにプライドが問題になるの。たぶん貧しい生い立ちによるものでしょうね。父が母を見捨てたことはみんなが知っているから」ペイトンは言葉を切り、口のなかの苦い味をのみくだした。

父が家を出たきり帰ってこなくなったのは、彼女が幼稚園児のころだった。何カ月も両親は顔を合わせれば喧嘩《けんか》していた。喧嘩はどんどん激しくなり、居間のなかを本やバッグ、靴や車のキイ、電話機などが飛びかうようになった。ある日、ののしりあう声がぴたっとやみ、何も飛ばなくなった。二度とドアが乱暴に叩《たた》きつけられることもなかった。父が永久に出ていったのだ。

庭に置かれた椅子にペイトンはぐったりと腰を下ろした。「あなたがわたしと結婚したのは、わたしが妊娠したからだって、知らない人はいなかった」緊張をほぐそうと深呼吸する。「わたしはそれがいやだった。まわりの人たちがあなたに同情するのがたまらなかった」

「ぼくに同情する？」

ペイトンはうなずいた。「あなたはマルコ・ダンジェロよ。どんな女性とでも結婚できたでしょうし、現にプリンセスと結婚するつもりだった。それなのに、わたしにつかまってしまったんですもの」

「だから、きみは故郷に帰った」

ペイトンは頬が赤らむのを感じた。「身をひそめるためにね」

マルコはいっとき彼女を見つめ、それから中庭の向こう側へ歩きだした。「プライドか」

ゆっくりと繰り返す。その表情には優しさのかけらもない。

「皮肉なものね」気まずい沈黙を埋めたくて、何か言わずにはいられなかった。「進退きわまってプライドをかなぐり捨てる羽目になるなんて。もはやわたしを躊躇《ちゅうちょ》させるものは何もないわ。あなたに頼るしか。あなたの助けが必要なのよ」

マルコは黙りこくったままだ。何も言わなくても、彼の怒りと葛藤《かっとう》は痛いほど伝わってくる。あのときと同じように逃げ場のない状況に追いつめられている。そもそも四年前、それが二人に結婚を余儀なくさせたのだった。そして今、あのときよりさらに重い現実に二人は直面している。

「お願い、マルコ。あの子たちのためにわたしに力を貸して」祈るように両手を組みあわせてペイトンは続けた。「人生において正しいことをしていると思えるように力を貸して」

「もちろん、きみは正しいことをしている」マルコはつっけんどんに言った。頭が混乱し、耳にする言葉のすべてが耐えがたかった。

彼女が癌《がん》だと、どうして信じられるんだ。こんなに若いのに！　しかも、これっぽっちも病気のようには見えない。実際、これほど輝いている彼女を見たのは初めてだ。

今日スタジオでマルコは彼女のはつらつとした美しさに目を奪われた。気がつくと、ゆるやかな曲線を描く頬やすっきりした顎の線、弓なりの眉にうっとりと見入っていた。彼女自身が芸術品のようだと思った。たとえ二人がいつも反目しあっていたとしても、たとえ二人のあいだに問題があったとしても、彼女が病気になればと願ったことなどない。一度もない。

「ごめんなさい、マルコ」

ペイトンが不安そうな目で見つめている。リヴィアと同じ青い目で。彼女は励ましと寛大さを求めている。それがマルコの心を傷つけた。こともあろうに、このぼくに寛大さを求めているのだろうか?

二人はいろいろ問題を抱えていたが、楽しいときもあった。ペイトンにはマリリーナの持つ気品と従順さはないかもしれないが、思いやりがあって愉快で、生きることへのひたむきな情熱がある。

「わかってちょうだい、こんなことになるとは思わなかったの」ペイトンはかすれた声で続けた。「あの子たちを傷つけたくなかったし、あなたに迷惑をかけたくなかった」

ふと気づくと、自分だけがしゃべっていた。マルコは何も言おうとしない。ただ見つめているだけ。彼の顔にはなんの表情も見てとれない。ひと言でいいから何か言ってくれたら。

「子供たちが幸せなら、わたしも幸せよ」こみあげる涙で声がくぐもった。「あなたとの生活があの子たちにとって楽しいとわかれば、わたしは安心して帰国できるわ」

「いつ帰国する予定なんだ?」

マルコの質問は彼女の気力をそいだ。ペイトンは大きく息を吸い、ゆっくり吐きだした。

「来週の金曜日まで検診の予約を引き延ばしてあるの」

「あと九日だな」

「ええ」

「で、治療はいつ始める?」

「検診のあと一週間かそこらで。まだはっきりしない点がいくつかあるの。さらに精密検査を受けてから入院することになるでしょうね」

マルコは中庭を引き返していった。考えこみながら、ときおりうなじを片手でこする。

「治療を受けるあいだ、子供たちをぼくに預けたいんだな?」

「それがもっともいい方法だと思うの」

空中の一点に視線が止まった。「置き去りにされたら、二人は怯《おび》えるだろう」

「おそらく、少しは。でも、わたしたちが協力すれば、不安をやわらげてやれるんじゃないかしら。わたしたちが仲よくしていれば、見捨てられたわけじゃないとわかるはずよ」

書斎に戻ったマルコは部屋のなかを行ったり来たりしはじめた。過ぎ去った四年間が走馬灯のように脳裏をよぎった。

アメリカから来てデザインの勉強をしていた若く美しかったペイトン。トラサルディ宮殿で開かれたパーティで銀色の斬新《ざんしん》なドレスを着ていたペイトン。目を輝かせ、楽しそうに笑っていたペイトン。

マルコは鎧戸《よろいど》を開け、月光に照らされた庭を眺めた。

マリリーナ。

そうだ、彼女の家を訪ねるのを忘れていた。マルコはてのひらで鎧戸をぴしゃりと打った。夕食のあとで立ち寄ると約束していたのに。

しまった。

彼はすばやく向きを変え、壁に寄りかかってペイトンを見つめた。「痛みはあるのか、兆候のようなものは？」

「いいえ」

「よかった」

マルコはズボンのポケットに手を突っこんだ。この世の重荷がずっしりと肩にのしかかる。ペイトン、マリリーナ、子供たち、そして仕事。人生とは簡単にいかないものだ。障害のない道はないし、明瞭《めいりよう》な解決策などあるわけがない。最終的には良心に耳を傾け、それに従うことになるだろう。

「きみに計画があるのはわかっている」ようやくマルコは言った。「ここへ来たとき、どう進めたいか考えは固まっていたんだろう。それを聞かせてくれ。きみを助けるためにぼくはどうすればいい？」

彼女の考えに耳を傾け、ペイトンが話しおえると、マルコはうなずいた。

「わかった」

予告なしにマルコがマリリーナを訪ねたことは一度もなかったし、午前中というのもめったになかった。だが翌朝九時に彼がやってきたとき、プリンセスは驚いたとしても、そんな様子はおくびにも出さなかった。「おはよう《ブオンジョルノ》」メイドの案内で居間に現れたマルコに、マリリーナはソファから挨拶《あいさつ》した。

「おはよう《ブオンジョルノ》、ぼくの愛する人《ミア・アモーレ》」マルコは身をかがめて頬にキスをした。「具合はどうだい？」

「だいぶいいわ《ベーネ》」彼女はほほ笑んだ。

マルコの視線がプリンセスの青ざめた顔をさまよい、打撲傷を負った額に据えられた。

「痣《あざ》がひどくなっているようだ」

「よくなる前には醜くなるのよ」彼がソファに座れるよう、マリリーナは体をずらした。

「でも、信号機にぶつかったんだから、瘤《こぶ》のひとつくらい仕方がないわね。本当にどうかしていたわ」

メイドが金色のトレイにコーヒーカップを二つのせて運んできた。

「屋敷のほうはどんな様子なの？」マリリーナはカップを手にとった。

「まずまずだ」顔を上げたマルコは、彼女が額にかすかにしわを寄せているのに気づいた。

「何かあるのね」

それを告げる楽な方法などひとつもない。それが将来を変えることになるとは、聡明《そうめい》な彼女にも予想がつかないだろう。

「そうなんでしょう?」マリリーナは優しくうながしたが、顔にちらっと不安の影がよぎった。

「ペイトンは病気なんだ」単刀直入にきりだすしかなかった。「癌らしい」

マリリーナの目が大きく見開かれた。「癌?」

「ああ」

「かわいそうに」

マルコは自分が無慈悲でいやな男に思えた。できるかぎりペイトンを支えてやらなければならないとマリリーナに告げるのは正しいことだが、それが彼女にとってつらいのもわかっている。

「で、子供たちは知っているの?」

むしょうにたばこが吸いたくなり、マルコは探るようにポケットを軽く叩いた。「まだ知らせていない」口のなかで小さく悪態をつく。すべてがうとましい。今すぐ過酷な決断を下さなければならないのがうとましい。「だが、ペイトンが何を望んでいるかはわかっている」マルコは顔を上げ、マリリーナの視線をとらえた。「ぼくに子供たちと暮らしてほしいと思っている」

マリリーナは身じろぎもしなかった。まばたきひとつしない。ただ彼を見つめている。

「あなたと暮らす？　ペイトンも？」

「いや、子供たちだけだ。化学療法を受けるあいだ、ぼくたちに二人の面倒を見てほしいらしい」

「まあ」立ちあがったマリリーナは、ゆっくり体の向きを変えた。細いスラックスと高いヒールの靴をはいていても、動きは優雅だ。「なんてことなの」

「ああ」

マリリーナはこめかみをこすり、マルコを見つめた。「あなたはどう思うの？」

「ペイトンは怯えている。彼女は子供たちを心から愛している。二人は彼女のすべてなんだ」

「彼女には仕事があるでしょう。カルヴァンティのデザイナーとしての仕事が」

「休暇をとるつもりでいる。少なくとも治療を受けるあいだ、仕事はできないだろう」

「あなたには率直に話したのね」

「彼女は追いつめられているんだ」

マリリーナはゆっくり息を吐きだした。「で、どうするつもりなの。結婚式はどうなるの。ハネムーンは？　わたしたちは？」

「ぼくたちはぼくたちだ。この先もそれは変わらない。いくつか予定を変更しなければならないが」彼女が眉をひそめ、唇を噛《か》みしめているのが、マルコの目に入った。「いずれはうまくおさまるよ。ぼくたちは結婚してハネムーンに行く。ただ、予定より数週間先になるだけだ」

「でも、双子を預かるのよ」

「ああ」

「ハネムーンの前？　それとも後？」

マルコはいらだちをおぼえた。「それが問題なのか？」彼女の表情はそうだと答えている。

彼は背筋を伸ばした。胸の奥に奇妙な寒々としたものが芽生えていた。

「あの子たちを預かりたくないと？」

答える前に一瞬マリリーナは息を詰めた。「二人ともかわいくて楽しい子供たちだわ。でもわたしは、母親になる前に花嫁になるのを夢見てきたのよ」

マルコは黙っている。

マリリーナは穏やかに続けた。「わたしにできることなら喜んでペイトンの力になりたいわ。だけど、ここは慎重に事を進めるべきだと思うの。わたしたちの目標を忘れないようにしないと。二人で家庭を築くことについて話しあってきたでしょう。わたしたちの子供を持つことについて」

だが双子は彼の子供だ。二人は彼の心のなかで大きな部分を占めている。彼の人生においても。二人は彼の娘だから。

マリリーナはふたたびソファに座り、彼の腕に手をかけた。「義理の母親になるのはうれしいわ。休暇や週末に子供たちの面倒を見るのは、まったく問題ない。でもね、マルコ、考えてみて。四六時中、自分が産んだわけではない子供たちの、それもアメリカ人の子供たちの母親になるなんて、実際には無理な話よ。納得がいかないわ」

マルコは車のキイをとりだした。「もう帰らなければ」

「マルコ」マリリーナは彼の頬にすばやくキスをした。「わたしは結婚したいの。あなたの妻になりたいのよ。わたしたちには計画があるでしょう?」

その計画は間違っているのかもしれない。車に向かいながらマルコはぼんやりと思った。

ペイトンと子供たちはダイニングルームで朝食をとっていた。窓から光が部屋いっぱいにさしこんでいる。テーブルの上には、みずみずしいひな菊を挿したじょうろが置いてあった。雑草のような花は十七世紀のアンティークのテーブルには合いそうにないが、三人がいると不思議と調和して見える。

戸口に立ったマルコの脳裏に、マリリーナの言葉がよみがえった。〝わたしが産んだわけではないアメリカ人の子供たち〟

顔を上げたペイトンが、彼の姿をとらえてほほ笑んだ。青い目がいくらか充血しているところを見ると、あまり眠っていないのだろう。だが、その表情にはふつうの二十代の女性にはない成熟した温かみがある。

マルコは広々としたダイニングルームに入っていった。娘たちが半分アメリカ人なのはむしろ好ましい。ペイトンの血が半分流れていることも。彼女は完璧《かんぺき》ではないかもしれないけれど、それでもいまだに彼女が好きだ。

「その花はどこで見つけたんだ?」彼はサイドボードの上にキイを置いた。

「今朝、散歩の途中で子供たちが摘んだの」

マルコの眉がぴくりと動いた。「もう散歩してきたのか?」

「公園のサッカー場まで」急に神妙な様子になった子供たちをペイトンはちらっと見た。

「あなたはオフィスに行ったんだと思っていたわ」

「急いですませたい用事があったんだ。でも、きみたちと朝食をとりたいと思って」マルコは椅子を引いて腰を下ろした。若いメイドがジュースのグラスと焼きたてのロールパンを入れたバスケットを運んできた。「ありがとう《グラツィエ》」

ペイトンは、ロールパンにバターを塗るマルコを見つめた。「今日は暑くなりそうね」いっときでも沈黙は避けたかった。「子供たちを連れて出かけようかと思っているの」

「カーニバルに行くのよ」ジアが言う。

「カーニバルがあるとは知らなかったな」

ペイトンはうなずいた。「ナヴィリオ運河で催される恒例のお祭りのことよ。何年か前に一度、連れていってくれたでしょう。子供たちも大道芸を楽しめると思ったの」

「もう六月か」

「そう、夏よ」リヴィアが言った。「あたしたちと一緒に行かない？」

マルコは子供たちにほほ笑みかけ、くつろいだ様子で袖《そで》をまくりあげた。「別のアイデアがあるんだ。ぼくが世界中でいちばん好きな場所に行くというのはどうだい？」

「どこ？」ジアが興味を示した。

「カプリ島だ、みんなで行こう」ペイトンが反論するのを予見していたかのように、マルコはきっぱりと言った。「一週間、のんびり過ごすんだ。太陽に新鮮な空気。かっこうの気分転換になる」

その日の午後出発すると言われて、ペイトンはさっそく荷造りにかかったが、良心がうずいて作業に集中できなかった。

これからナポリへ飛び、そこで一泊して、水上タクシーかヘリコプターで明日カプリ島へ行くとマルコは言った。でも、彼にそこまでしてもらうわけにはいかない。わたしのためにほかのすべてを犠牲にさせるなんて、間違っている。

マルコが寝室の入口に現れた。「荷造りはすんだかい？」

「いいえ。全然はかどらなくて」

「どうして？　いつも手際がいいのに」

衣装だんすから振り返ったペイトンは心配そうな顔つきをしていた。「これがいいアイデアだとはどうしても思えないの」

「なんのことだ？」

今度は空とぼけようというの？「旅行よ。カプリへ行くと言ったでしょう。あなたには仕事が山のようにあるのに。実際、仕事に埋もれているのはわかってるわ。わたしと子供たちはナポリに残して、あなたはミラノに引き返してちょうだい。わたしたちはカプリ行きの高速艇に乗るわ」

「きみたちをナポリに残して？　とんでもない。これは家族旅行なんだ。全員で行く」マルコの声には有無を言わさぬ断固とした響きがあった。「それに、カプリではぼくが必要になるはずだ」彼は言い直した。「いや、行きたいんだ」

こんなふうに自信を奮いたたせてくれる、それがマルコだ。問題点とタイミングを心得ている男性。

ペイトンはふっと安堵《あんど》のため息をついた。体の底から活力がわきあがってくるのを感じる。ミラノに到着した当初、彼はひどく冷淡でよそよそしく接していたが、今やその壁はとり払われ、行く手に明るい光さえ見える。

子供たちのためにマルコは旅行を申し出てくれたのだ。彼なら二人の面倒をきちんと見てくれるだろう。心配するには及ばないわ。でも、彼には秋に控えているショーの準備がある。「コレクションはどうするの？」

「別に重要じゃない」

重要でないどころか、春物の新作コレクションはファッション界の重大なイベントだ。

「わたしは明日死ぬわけじゃないわ、マルコ。コレクションの準備をおろそかにしないと約束して」

彼はまじまじとペイトンを見つめた。「それがきみにとって大事なことなのか？」

「あなたには天賦の才とひらめきがあるわ。あなたの仕事の邪魔をしたくないの」

マルコは眉間《みけん》にしわを寄せ、探るように彼女の顔を見た。部屋の空気が張りつめ、ペイトンは耐えがたいほどの緊張感に包まれた。

「きみって人が理解できない」ようやくマルコは言った。「もっとも、理解できたことは一度もなかったが」彼は窓の外に視線を移した。彫りの深いいかめしい顔にはなんの感情も表れていない。「それできみの気がすむなら、コレクションの準備は続行しよう。電話とパソコンで細かい点は処理できるし、必要なら仮縫いの仕上げに飛んで帰る」

「ありがとう」

マルコは意外だという表情でペイトンに向き直った。「なぜ礼を言う?」

ペイトンは華奢《きゃしゃ》な肩をすくめた。「いろいろと配慮してくれるから。とても親切に」

「親切? なんたること《サント・チェーロ》だ」マルコはやんわりと悪態をついた。「ぼくが親切だなんてとんでもない。親切とはほど遠い人間だ。必要に迫られたから、できることをしたまでだ」

それでもペイトンは満足だったし、元気づけられた。この先数カ月、子供たちには支えや励ましが必要になる。そして何よりも永遠の愛情が。

「これで」彼女は慎重に言葉を選んだ。「いろんなことが変わるでしょうね」

「それはわかっている」

「マリリーナは——」

「彼女は知っている」

「あなたがわたしたちをカプリ島へ連れていくことを了解しているの?」

「彼女は大丈夫だ」

ペイトンは胸が締めつけられた。「ごめんなさい、マルコ——」

「謝るのはやめてくれ。きみが望んでこうなったわけじゃない。自分の力ではどうにもできないことに対して謝ったりしないでほしい」

「でも、あなたには多大な影響を与えるわ」

「大いに《ベーネ》。だけどぼくは大人だ、子供じゃない。人生に困難はつきものだ。挑戦されれば応じるし、失望も甘んじて受ける」マルコの黒い目がペイトンの目をとらえた。そこには熱をおびたきらめきがあった。「だが負けは認めない。きみはこれに打ち勝つさ、ペイトン。そして人生はこの先も続く」

7

ナポリはどんな時間帯でも美しい。幸運にもペイトンは、午後の日差しに照らされた街と日暮れとともに活気をおびていく夜の街を見ることができた。

マルコがチェックインしたのは、ナポリ湾とヴェスヴィオ火山を一望できる最高級ホテル、エクセルシオールの贅沢《ぜいたく》なスイートだった。

楽な靴と服に着替えると、一行はさっそく旧市街の観光に出かけた。

ナポリを心から愛しているマルコはうれしそうに街を案内した。彼の亡くなった母親は生粋のナポリっ子で、少年のころ、マルコはアマルフィ海岸やナポリ周辺に住む親戚《しんせき》と祖父母の家を頻繁に訪ねたという。

マルコとペイトンは折りたたみ式のベビーカーに双子を乗せて大聖堂や立ち並ぶ教会を見てまわり、十五世紀にナポリ王となったスペインのアラゴン家の居城、カステル・ヌオーヴォを訪れた。

ナポリがイタリアのもっとも美しい王国だと称されるのもうなずける。王宮の薄暗い謁見の間からまばゆい日差しのなかに出たとき、ペイトンは思った。ここは古代ギリシア・ローマ時代に始まるさまざまな文化的遺跡や歴史的建造物の宝庫であり、しかも豊かで美しい自然に恵まれている。

しかし、いろいろ見てまわったせいで子供たちはすっかり疲れはて、ペイトンでさえも夕食の前にひと眠りしたくなった。

スイートには寝室が二つあった。ペイトンはそのひとつに子供たちを寝かしつけ、居間に戻った。

「きみもひと休みしたいだろう、もうひとつの寝室を使ってくれ」マルコが言う。「ぼくは今夜、ここで眠る」

「あなたがホテル代を払うのに、長椅子で眠るなんてとんでもない」

「金のことなど気にしているわけがないだろう」マルコはいらだちをあらわにした。「なぜそんな話を持ちだすんだ?」

彼は何やら口のなかでぶつぶつつぶやき、電話をかけるつもりなのかアドレス帳を開いた。だが結局、受話器には手を伸ばさなかった。

「金があればいろんなものが買えるが、幸福や心の安らぎは買えない。今のぼくたちに必要なのはそれだろう。平穏と安らぎ。子供たちとの心休まる一週間だ」

いったんこうと決めたら、マルコの決意と行動力には誰もあらがえない。それこそがペイトンが信頼しているマルコだった。「同感だわ」

いくらか表情をやわらげ、マルコはデスクの椅子に腰を下ろした。「子供たちにいつ話をするか、考えたかい？」

「いいえ」

「隠したままにはしておけない。それはフェアじゃない」

「でも、わたしが病気だと話すつもりはないわ。母や伯母と同じ病気だということは。母がどういうふうになったか、あの子たちは知っているの。二人を不安にさせたくないのよ」

「話さなくても二人は不安になるだろう」

「だから、あなたが必要なのよ。特別に愛され、大切にされているという安心感を二人に与えてほしいの。あなたがさまざまな問題を抱えていることはわかっているし、そこにもうひとつ重荷を加えることになるのも――」

「冗談じゃない、ペイトン！」マルコが荒々しい口調でさえぎった。「ぼくを冷血漢だとでも思っているのか？　あの子たちが重荷だなんて、とんでもない。重荷だと思ったことは一度もない。ついでに言うなら」彼はペイトンに鋭い一瞥《いちべつ》をくれた。「きみも重荷だったことは一度もない」

一瞬、深い静寂が広がった。ペイトンは頭にかすみがかかったようで、その言葉が何を意味するかはっきりつかめなかった。

「結婚のことを言っているんだ」マルコがむっつりした顔つきで言う。「ぼくたちの結婚はきみが考えているような悲劇ではなかった。きみとの結婚をマイナスと見なしたことは一度もない。途中から歯車が噛《か》みあわなくなったが、最初のうちはうまくいっていた。その気がなかったら、そもそもきみと結婚しなかったさ」

「でも――」

「きみへの思いがなかったら結婚しなかった。責任をとるためだけに結婚したりしないさ」

ペイトンは目をしばたたいた。笑いたいのか泣きたいのかわからない。〝きみへの思いがなかったら結婚しなかった〟それはいい感情、それともよくない感情？　もしいい感情だったとしたら、なぜ結婚生活は続かなかったの？

「きみはひとりでよく子供たちを育ててきた」マルコは静かな口調で続けた。「きみがアメリカへ帰ったら、子供たちは寂しがるだろうな」

ペイトンはまぶたの奥がじんと熱くなるのを感じた。「わたしもあの子たちが恋しくなるでしょうね。でも副作用に苦しむわたしを二人が見ずにすむのなら、それに越したことはないわ」

マルコはいっとき口を閉ざし、伏し目がちに顎をこすっていた。それからかぶりを振り、ふいに顔を上げた。「結婚式は延期するつもりだ」

「だめよ！」

彼女の抗議をマルコは肩をすくめることではねつけた。「式のあと長いハネムーンに出かける予定なんだ。今はそんなわけにいかない、子供たちのそばにいてやらなければ。マリリーナだって大人だ。複雑な事情も理解できる。ぼくが心配しているのはあの子たちのことだ。きみの病気を考えれば、ほかはすべてとるに足りない問題だ」

「決める前にせめてマリリーナに話すべきだわ」

「話そうと話すまいと、ぼくの心はもう決まっている。子供たちが最優先だ。まずは二人のことを考えてやらないと」

ペイトンは微笑を浮かべた。「あなたなら古代ローマのすばらしい皇帝になれたでしょうね」

「だろうな」マルコもほほ笑んだが、自嘲《じちよう》ぎみの笑みだった。「子供たちが眠っているあいだ、きみも少し休んだほうがいい。ぼくがここで寝ることについては気にしないでくれ。どのみち、片づけなければならない仕事があるんだ」

寝室のドアを閉め、ペイトンはクイーンサイズのベッドに身を横たえた。頭痛がしていた。胸もうずくし、体は燃えるように熱くほてっている。

今でもマルコには狂おしいほどの影響を彼女にもたらす力がある。

ミラノに到着して一週間もたっていないのに、すでにもう精根尽きはてた感じだ。マルコの前で無関心な態度を装い、彼への思いをひた隠しにして胸の奥に封じこめておくのがますます難しくなってきた。彼を愛していないふりを続けなければならないのがいやでたまらない。

胸の高鳴りを無視するには、どうしたらいいの。彼がほかの女性と結婚するのを気にしていないふりをするには、どうしたらいいの。破綻《はたん》した結婚の地獄のような苦しみは忘れていないけれど、今でもマルコを愛している。

眠れないままペイトンは寝室を出て、バルコニーにいるマルコのそばへ行った。あたり一面を、夕日が鮮やかな赤紫色に染めあげている。

マルコはルームサービスでワインのボトルとオードブルを注文した。肉に野菜のマリネ、さまざまな種類のチーズを盛った豪勢なトレイがほどなく運ばれてきた。

「これはどういうことかしら?」赤ワインのボトルを開けるマルコに、ペイトンは尋ねた。彼をよく知らなかったら、ロマンチックな場面を演出しようとしていると思ったかもしれない。だがペイトンはマルコをよく知っている。彼が自分に対してロマンチックな、または性的な感情をいだいていないことはわかっている。

二人はバルコニーに戻り、太陽が水平線に沈んでいくさまを眺めた。こんなふうに安らかな気持ちになったのは久しぶりだとペイトンは思った。実に長いあいださまざまな心配事を抱えてきた。

「すばらしいわ」彼女はマルコの隣に立ち、手すりから身を乗りだした。

「そうだね」マルコがうなずく。

だが夕焼けが薄れたとき、ペイトンは胸に刺すような痛みをおぼえた。子供たちとの時間はわずかしか残されていない。あと一週間でわたしはイタリアを離れる。子供たちは母親のいない生活に慣れていくだろうけれど、わたしは？

来る日も来る日も誰もいない日々をどうやって過ごせばいいの。帰りを待っていてくれる相手もいない。朝、起こす相手も、夜、おやすみのキスをする相手もいない。

「重いため息だな」マルコは彼女の様子を見逃していなかった。

「これまでの人生を考えていたの。自分が犯した過ちについて」ペイトンは顔を振り向けた。「わたしはたくさんの過ちを犯したわ」

「過ちを犯さない人間がどこにいる？」

「仕事のことを言ってるんじゃないのよ」

顎の筋肉が引きつった。「わかっているさ」マルコは手を伸ばしてワインのボトルをとりあげ、二人のグラスにお代わりをついだ。「過ちを犯した話をしたいのか？　ぼくはきみと子供たちをカリフォルニアへ帰すべきではなかった。それはぼくがしでかした最大の過ちだ。あの子たちがいなくなった寂しさで胸が張り裂けそうだった。きみたちを訪ねていくことが、さらに寂しさを倍増させた。帰りの飛行機に乗るたびに、苦痛で息ができないほどだった。まるで――」彼は視線をそらした。その横顔がこわばっている。「生き埋めにされたような」

「それで来るのをやめたのね」

「別れを繰り返すくらいなら、離れているほうがましだと思った」マルコはグラスを傾け、ワインをぐっと飲みほした。「だが、それが間違いだった。ぼくは子供たちを見捨てたんだ。そしてきみを見捨てた。すまなかった」

彼の謝罪の言葉は、夕食のために着替えようと寝室に戻ってからも、ペイトンの脳裏を離れなかった。彼女は、ゆったりした袖《そで》とひもで胸元を調節する青緑色のシルクのブラウスに、白いシルクのパンツを合わせた。子供たちを起こし、支度ができると四人はエレベーターで階上に上がり、レストランに向かった。

予約していなかったのに、マルコの姿を認めた給仕長はすぐさま窓際の特等席に案内した。ホテルの最上階にあるレストラン、ラ・テラッツァは抜群の眺望で、食事のあいだ、子供たちは港に出入りする大型クルーズ船を眺めて楽しんでいた。

ふいにマルコが手を伸ばし、ペイトンの手を包みこんだ。「ぼくたちは正しいことをしている。一緒にカプリへ行くことは。そして、いっとき悩みを忘れることは。もしほんの少しでも疑問を感じたら、子供たちを見るんだ」

ペイトンも同じ思いにとらわれていた。彼の手のぬくもりだけでなく、彼の言葉に感動して胸が震えた。思っていたよりマルコは理解してくれている。

しかしマルコが彼女の手を持ちあげ、手の甲にキスしたとき、ペイトンは母性愛や保護本能とはまったく関係のない、ぞくぞくするような興奮に包まれた。彼の温かい唇が彼女を熱くさせる。

いろいろあったにしても、わたしはひとりの女性だし、この二年間つきあった男性はひとりもいない。わたしに触れた男性も、わたしを愛した男性もいなかった。マルコ以外の男性を求める気になれなかったから。

マルコの目が彼女の目をとらえた。「カプリは今のきみにうってつけの場所だ」彼女の手をひっくり返し、手首の内側にキスをする。ずきずきと脈打つ部分に、彼の唇は炎のように熱く感じられる。「ぼくにとっても」

長い時間をかけてさまざまな思いや感情を心の奥に封じこめてきたのに、その慎重に築きあげた心の壁を、マルコはほんの一瞬でこなごなにしようとしている。

手を引っこめなさい。体に熱い興奮が走り、わずかに残された抵抗力がもろくも崩れそうだ。手を引っこめるのよ。内なる声に従い、ペイトンはどうにか手を引っこめた。

翌朝、ホテルをチェックアウトしたとき、マルコの携帯電話が鳴りだした。「マリリーナだ」彼はひと言断って、少し離れたところへ移動した。

ペイトンは子供たちとロビーのドアのそばに立ってタクシーを待っていた。電話の会話を聞きたくなかったので、子供たちと通りを走る赤い車を数えるゲームに専念する。

ゆうべのパーティの様子を語るマリリーナの話を聞きながら、マルコはまつげの下からそっとペイトンの横顔をうかがった。

「みんなにあなたのことをきかれたの」マリリーナが言った。「あなたが来られなくて、とても残念がっていたわ」

「一週間で戻るよ」なぜいらだちをおぼえるのだろうとマルコは思った。彼とマリリーナはともに社交界の花形であり、強力なカップルだったのに。

「そちらの様子はどうなの？」

「子供たちはナポリを楽しんでいる」マルコは、子供たちの傍らにしゃがむペイトンを見ていた。なんのゲームをしているのかわからないが、ジアとリヴィアが言い争いをしている。ペイトンが笑いながら仲裁に入った。「ゆうべはラ・テラッツァで食事をした」マルコは続けた。

「ラ・テラッツァに子供連れで行ったの？　あそこは子供向けのレストランではないわ」

「二人ともとても行儀よくしていた」タクシーが到着し、ドアマンがペイトンに合図するのが目に入った。「行かなければ。タクシーが来た。これからカプリへ向かうんだ」

「わかったわ、ダーリン。着いたらすぐに電話してね」

カプリ島行き高速艇の出航時間ぎりぎりに四人は港に着いた。所要時間はほんの四十分で、夏場には毎日、大勢の観光客が往復するとマルコが説明した。

水中翼船が速度を上げ、なだらかな丘の斜面に階段状に連なるパステルカラーの家並みが遠ざかっていく。海上から見るナポリはさらに壮観だった。宝石箱をひっくり返したような色彩に富んだ海岸線が、日差しを浴びてきらきら輝いている。

ナポリの街がしだいに小さくなっていくのを見ながら、ペイトンは高校時代の夢を思い出していた。その夢とはイタリアを訪れ、古代ローマの遺跡や壮麗な大聖堂を見ることだった。ミラノにアパートメントを借り、トップデザイナーのもとでファッションを学ぶことだった。そして偉大な芸術と偉大な精神が文明の花を開かせたこの地に太陽が昇るのを眺めることだった。

四十分後、水中翼船はカプリの港に入り、乗組員たちが埠頭《ふとう》に着岸する準備を始めた。いきなりマルコが前かがみになり、ペイトンの額にキスをした。彼の手は彼女の長い髪をもてあそんでいる。「楽しそうだね。きみの笑顔を見るのはうれしいよ」

ペイトンは顔を赤らめた。

彼はふたたび頭を下げ、今度は頬にキスをした。アメリカでも飛ぶように売れている〝マルコ〟というブランド名のコロンの香りが鼻をくすぐり、うっすらと伸びてきた髭《ひげ》が頬をこする。

彼のぬくもりと香りに包まれていると、すべてが現実離れしているように思えてくる。奇妙にも何ひとつ変わっていない気がする一方で、すべてが変わったとも思える。だが実際は何もかも変わったのだ。マルコはもはやペイトンのものではない。たとえ式が延期されても、彼はほかの女性と結婚するのだから。

マルコの手がペイトンの髪をそっと撫《な》でた。彼女は身をかがめて彼の腕の下をくぐり、一歩下がった。離婚して二年がたつ。二年かけて、ようやく現実を受け入れられるようになった。

それなのに、マルコとの未来はないと認めることができないのはなぜなの？

「どうした？」彼が強い口調で尋ねた。

「なんでもないわ」ペイトンはごまかした。マルコのそばにいると、かつてのあの熱い思いが再燃しそうになり、そんな自分が怖かった。

マルコの母親が祖父母から受け継いだ別荘は、実際はカプリではなく、山の反対側のアナカプリにあった。海を望む斜面に建てられ、階段式の美しいテラスが家のまわりに巡らされている。バルコニーには色とりどりの花がこぼれんばかりに咲き誇り、いちばん下のテラスにあるプールのまわりにはさらに多くの花が咲き乱れている。

マルコはリヴィアとジアを腕に抱き、ペイトンに別荘のなかを見せてまわった。

寝室に入ると、彼はバルコニーに続くドアを開け、日差しのなかに出ていった。胸いっぱいに息を吸いこみ、ゆっくり吐きだす。

「ここの空気はおいしくて、いいにおいがする。すてきだろう?」

ペイトンは彼から視線を離すことができなかった。彼と二人きりの一週間を無事に切り抜けられるかどうか、自信がない。もちろん子供たちが一緒だけれど、ある面では二人の存在がそれをかえって難しくしそうだ。かつてマルコと愛しあったことを絶えず思い出させるから。

ペイトンは目を閉じ、心を無にしようとした。マルコとのあのめくるめく愛の行為を思い出すわけにはいかない。

初めての愛の営みはたいていがっかりさせられると彼女は友達から聞かされていた。体が官能に目覚めるには経験が必要だと。

マルコとの初めての体験は想像を絶していた。彼とひとつになったとき、強烈な快感と信じられない興奮の波にのまれ、ペイトンは完全にわれを失った。彼に導かれて絶頂に達したときには、みだらな声をあげていた。

マルコ以外の男性を知らないとはいえ、ほかの相手ならそこまで燃えあがらなかっただろう。マルコと愛しあえないのなら、誰とも愛しあわないほうがましだとさえ思う。

「すばらしいわ」ペイトンは心の痛みを隠し、子供たちとマルコにほほ笑みかけた。マルコは子供たちを腕から下ろした。「この島には不思議な力がある。傷を癒《いや》し、すっかりもとどおりにする力が」

ペイトンの心臓が音をたてた。「奇跡を起こせるくらい？」

熱っぽいまなざしが彼女の目をとらえ、じっと見つめた。「間違いない」

8

最初の二日間、四人はナポリからやってきた日帰りの観光客にまじって名所を見てまわった。

だが三日目、人込みにうんざりしたのか、マルコは買い物客でにぎわう市街地を離れてピクニックに行こうと提案した。

カプリの路線バスに乗り、マルコが運転手に降りる合図をするまで、でこぼこ道を揺られていった。

バスを降りたのは、ヴィラ・ダーメクゥタのすぐそばだった。ヴィラはローマ皇帝ティベリウスの十二ある別荘のひとつだったが、今では廃墟《はいきょ》と化している。そこからの海の眺めはみごとで、ピクニックにうってつけの場所だった。

草におおわれたなだらかな丘に毛布を広げて、サンドイッチとレモネードを味わう。食後、子供たちはあたりの探索を始めた。

ペイトンは二人のあとについていき、わずかに残された石壁の上に腰を下ろした。マルコが隣に座った。まぶしい日差しが降りそそぐ。まさに輝かしい日だ。

「これ以上は望めない晴天だな」マルコは石の上に両手をつき、わずかに上体をそらした。ペイトンは彼に顔を向け、ほほ笑んだ。マルコは濃紺のシャツの袖《そで》を肘までまくりあげ、くつろいだ様子をしている。「きっと天国はこんなふうなんでしょうね」ペイトンの顔からいくらか笑みが薄らいだ。彼女は石けり遊びに熱中している双子に視線を戻した。「二人ともここがとても気に入ったみたい。また連れてきてやってね」

「もちろん。カプリはぼくの第二の故郷だ。あの家は母の一族が何代にもわたって受け継いできた」マルコは身を乗りだし、顔が陰になるようペイトンの帽子の角度を直した。

「きみは母親のことをほとんど話さないね。どうしてなんだ?」

「話すのがつらくて」麦わら帽子のつばが顔を隠してくれるのがありがたい。マルコの気配りや庇護《ひご》の精神に相変わらずとまどいをおぼえる。優しいマルコには慣れていない。

「お母さんも癌《がん》だったんだね?」

母の話をするのは自身の将来を考えるよりつらかった。とはいえ、マルコには知っておいてもらいたい。誰かが子供たちに母親の家族について話してやるべきだから。「わたしは母を愛していたわ」ペイトンは話しはじめた。「わたしたちはとても仲がよかった。二人きりで暮らしてきたから。父は何年も前に出ていき、再婚してどこかで別の家庭を築いているの。だから、物心ついたころからずっとわたしには母しかいなかった」

「出ていったあと、父親からはなんの音沙汰《さた》もないのか？」

ペイトンは肩をすくめた。「結婚すると書かれたクリスマス・カードが一度送られてきたけど、それっきりよ」

マルコは手を伸ばし、彼女の帽子からはみだした巻き毛をつばの下にたくしこんだ。「お母さんはきみを誇りに思っていたに違いない。きみはお母さんにそっくりなんだろうね」

耳と頬に触れる彼の手の感触が心地よい。それは単に肌が感じる心地よさではなく、精神的なものだった。

腰を上げたマルコはペイトンの手をつかみ、引っ張って立ちあがらせた。「きみのお母さんに会う機会がなかったのは残念だ。きっと好きになったと思うよ」

「お互い夢中になったでしょうね」

「ぼくがきみに夢中になったように」ペイトンを見つめる瞳が熱っぽくきらめく。

「あなたはわたしに夢中になんかならなかった。わたしの存在に気づきもしなかったはずよ」

言葉が口から出ると同時にペイトンの背筋にうずきが走った。彼の目の光が強くなり、性的緊張が二人を包んだ。

「きみと子供たちが戻ってきてくれてうれしいよ」マルコはかすれた声で言い、頭を下げて唇のわきにそっとキスをした。

胸の鼓動が激しくなり、全身の血が脈打つのをペイトンは感じた。二人のあいだの緊張感が高まり、ほとんど耐えがたいほどだ。

「いけないわ」ペイトンは彼の胸に片手を当てて押しやろうとしたが、固く引きしまった筋肉をてのひらに感じたとたん、動くことも逃げることもできなくなった。「あなたにはマリリーナが……」からからになった喉から絞りだすようにつぶやく。

マルコはペイトンの顎を指で持ちあげ、ダークブルーの瞳に見入った。「だったら、彼女とのことは終わりにする」

とたんに心臓が飛びはねた。体が小刻みに震え、脚から力が抜けていく。「だめよ！　彼女をそんな目にあわせるなんて。二度までも――」

マルコは頭を傾け、本物のキスで彼女の唇をふさいだ。

反射的にペイトンは身をこわばらせたが、彼の唇は温かくて説得力があり、たちまち体を熱い興奮が貫いた。渇望感や、ましてや彼に魅了されていることを否定するのは難しかった。彼の息づかいや感触、それらはすべてなじみがありながら、新鮮で刺激的だった。

こんな気持ちにさせてくれるのはマルコだけ。でも彼はわたしのものではない。ほかのすべてと同じように、このキスもはかないもの。旅行が終われば彼はミラノの生活に戻り、わたしはひとりになって過酷な現実と闘わなければならない。

ペイトンは高まる情熱をなんとか抑え、反応してはだめと自分に言い聞かせたが、それを察したのか、マルコはさらにキスに力をこめ、唇を開かせて舌をしのびこませた。てのひらが薄手のサマーセーターの上から胸を包む。

固くなった胸の頂を指でこすられ、ペイトンは鋭く息をのんだ。彼が欲しかった。それは許されないこと。二人とも自制心を保たなければ。

「やめて」ペイトンは彼の唇に向かってあえぐようにささやいた。「やめて、マルコ、間違っているわ。あなたもわかっているはずよ。こんなことをしてはいけないって」

マルコは顔を上げ、ペイトンを見つめた。彼女と同じように息を切らしている。「なら、状況を変えるときかもしれない」

ペイトンは握り拳《こぶし》で彼の胸を叩《たた》いた。「やめて。わたしは邪魔しに来たわけじゃないのよ。そんなことはしたくないの。前にもわたしたちは同じことをしようとした。でも結局うまくいかなかった、そうでしょう？　あなたはわたしと縁を切り——」

「離婚はきみが望んだことだ」

「わたしを愛していないのなら離婚してほしいと頼んだのよ。あなたは言ったわね——」

ペイトンは喉をごくりとさせ、持ち前の冷静さとプライドになんとかしがみつこうとした。

「きみと一緒になったのは間違いだった……」声がかすれた。「一夜だけの情事の相手だったと。もしかして忘れたの？」

もちろん覚えている。あんな残酷な言葉を口にしたとは。「ぼくは嘘《うそ》をついた」彼女に仕返ししようと、わざと暴言を吐いたのだ。彼女が不幸せだと知ってプライドが傷つき、捨て鉢になったのだ。「ぼくは嘘をついた」マルコは繰り返した。あれからずっと自分をごまかしてきたのだと、今になってようやく気づいた。「きみは一夜限りの情事の相手ではなかった。ぼくたちが一緒になったのは決して間違いではなかった」

「いいえ」

「ぼくたちは結ばれる運命にあったんだ」

カプリからでも仕事の指示はできるとマルコは思っていたが、現場にいないとさばけない事柄はあまりにも多かった。生地の見本は郵送してもらえても、仮縫いやモデルの最終選考は彼の承諾なしには進められない。

「ちょっとミラノへ行ってくる」翌朝、マルコはペイトンに告げた。「たぶん、明日の夕方まで戻れないだろう」

マルコがミラノに着いたのは正午近くだった。ファッション地区にあるサロンへ直行する代わりに、婚約者の家へ向かった。

「会えてうれしいわ」マリリーナは彼を温かく迎え入れた。「あなたがいなくて寂しかった」

マルコは少しも寂しくなかった。実際、ペイトンが彼女の名前を口にするまで、思い出しもしなかったくらいだ。

婚約を解消するのは正しいことだと彼は自分に言い聞かせた。心の底でずっと愛しつづけたきた女性はただひとり、カプリにいる赤毛の女性だ。

マルコはマリリーナが腰を落ち着けるのを待った。しとやかなしぐさで彼女はソファに腰を下ろした。彼女はすばらしく優雅だが、そのゆったりとした物腰が初めてマルコの神経にさわった。マリリーナとの関係は終わったとはっきり悟った瞬間だった。この二年間ずっと夢遊病にかかり、やっと目が覚めたような気がする。

ペイトンがミラノへやってきたことに感謝したい。そしてマリリーナと結婚していなかったことに、彼は感謝した。

「ぼくたちは話しあう必要がある」マルコはきりだした。マリリーナを愛していたわけではなかった。プリンセスのように毛並みのいい美貌《びぼう》の女性が自分を求めているという考えを愛していたのだ。少なくともマリリーナに対する気持ちは、ペイトンに対する愛情とは違う。

それを率直に告げられたマリリーナは、冷静な態度をかなぐり捨てた。「彼女はわたしたちの仲を裂いたりしないと、あなたが言ったのよ。結婚式を台なしにはさせないと。マルコ、彼女にそんなことさせないで」

「彼女が仕向けているんじゃない」

「どうしてそう言えるの？　彼女が来る前はうまくいっていたわ」

マルコはため息をつき、目を閉じた。「いや、そういうふりをしてきたんだ」

「わたしは違うわ」マリリーナは荒々しく言い返した。「あなたを心から愛しているのよ。二人ですばらしい人生を築いていけるのはわかっているわ。あなたとわたしはよく似ているし、理解しあっているでしょう。お互いにぴったりの相手じゃない。この二年間、いろいろなことを分かちあってきたでしょう。そのすべてを忘れられるっていうの？」

「たしかにぼくたちは楽しんだ」マルコは同意した。オペラ観劇やパリへの買い物旅行、ローマに住む共通の友人とのディナー。「だが、それだけでは充分じゃない」

「なぜそう言えるの？」

「それが事実だからだ。子供たちのことを考えてやらなければならない。ペイトンが治療を受けるあいだ二人を引き受けるのは荷が重すぎると、きみは言ったはずだ」

立ちあがったマリリーナは居間の奥へ行き、顔をそむけて涙をぬぐった。「あなたは後悔するわ。彼女にまただまされたと気づいたとき、この決断をしたことを悔やむでしょうね」

「ペイトンはそんな女性ではない」

「なんてお人よしなの！」マリリーナは彼に向き直った。美しい顔が苦痛にゆがんでいる。

「そんな女性なのよ。巧みに人を操り、人の人生をめちゃくちゃにする。あなたが再婚しようとしているから、彼女はわざわざここへやってきたのよ。わたしたちの仲を裂くために。彼女は成功したわ。あなたをとり戻したんですもの」マリリーナの表情が急に陰鬱《いんうつ》になった。「あなたたちは――」いったん言葉を切り、喉の塊をのみくだす。青ざめた顔がさらに白くなった。「あなたたちは……関係を持ったの？」

「いや」

「わたしが信じると思って？」

その言葉にマルコは機嫌をそこねた。こんなに動揺した彼女を見たのは初めてだ。「ああ」彼は静かに続けた。「体に気をつけて、マリリーナ。この先も友達でいられたらと思うよ」

マルコがミラノへ飛びたった日、ペイトンは子供たちと別荘で過ごした。午前中はプールで泳ぎ、テラスで昼食をとったあとプールサイドの木陰で遊び、それからゆっくり昼寝をした。

その日はのんびりしていたが、翌朝には落ち着かなくなってきた。マルコがそばにいるときはあまり考えもしなかったのに、彼がいなくなると不安が一気によみがえってくる。

自分が癌だと信じるのはつらい。

その進行状況も治療の過程も知っている。一度ならず二度までも目の当たりにしてきたのだから。母と伯母スージーの姿を。

ペイトンは深呼吸し、母や伯母の場合とは異なる、楽観的な結果だけを思い描こうとした。必ず病魔に打ち勝つ、切り抜けてみせる。万が一だめでも、子供たちには父親がいる。楽観的に考えても不安はぬぐいきれず、心のうずきもやわらがなかった。マルコが恋しい。彼の笑顔や声、手の感触が恋しい。子供たちを抱いて満足そうに彼女を見つめる彼が恋しい。

ところが、これほどまでに強く彼を求めているという事実がペイトンの胸に警鐘を鳴らした。

愛着を持ちすぎている。またしても本気で彼に愛情をいだいている。

そこからは何もいい結果は生まれないわ。乱暴に髪をブラッシングしながらペイトンは自分に言い聞かせた。前回の失敗で懲りたはずでしょう。

目の奥が熱くなってくる。じっとしていないで、出かけよう。ペイトンは急いで身支度を始めた。髪を頭の上に結いあげ、鍵《かぎ》と財布と小銭入れをまとめて、オレンジと赤の縞《しま》柄のバッグに入れる。

それから子供たちを呼びに行った。双子を授けてくれた神に感謝したくなる。二人のおしゃべりや、はじけんばかりの元気のよさ、おちゃめでほがらかな性格は、何ものにも代えがたい宝物だ。

ペイトン同様、双子も冒険が好きだった。母親をまんなかにして手をつないで歩きだした三人は、ジアの主張で三歩ごとに片足飛びをした。

「ママ」リヴィアの小さな声が金色の日差しのなかで小鳥のさえずりのように響く。

「なあに」

「どこへ行くの？」

「お買い物よ」ペイトンはさわやかな空気を胸いっぱいに吸いこんだ。まばゆい午後の日差しを浴びて木の葉がみずみずしい緑に輝いている。美しいカプリ島で子供たちと三人で過ごす至福のひととき。これ以上、何を望めるだろう。

「それだけ？」リヴィアがさらに尋ねた。

「美容院にも」ふいに胸が締めつけられた。「あとでアイスクリームを食べましょう」

ジアが片足飛びをやめ、ほかの二人もつられて足を止めた。「あたしたち、髪を切るの？」

大したことではないとペイトンは自分に言い聞かせた。今の状況のなかで、髪のことなどとるに足りない問題だ。「いいえ、カットするのはママだけよ」

「切っちゃうの？」リヴィアがきく。

「ええ、秋に向けて短くしようと思うの」

ジアが雲ひとつない青空を見上げた。「まだ秋じゃないわ、ママ」

「ええ。でもじきに秋は来るし、手入れが簡単だと思ったの。たまに変えてみるのもすてきでしょう」

明るい口調で言ったにもかかわらず、母親の悲しげなまなざしを見てとったのか、子供たちの表情が曇った。

「おばあちゃんのように短くするの？」ジアが思いきって尋ねた。

ペイトンはなんとか笑みを保った。「あそこまで短くしないショートスタイルもあるわよ。そう思わない？」

リヴィアの目が涙で潤みだす。「でもあたし、ママの髪が好きなの。すごくきれいだもの」

「ありがとう。あなたたちの髪だってとってもきれいよ」胸がいっぱいになり、ペイトンは二人を抱きしめた。

彼女自身、こんなことはしたくなかった。けれど、塊になって髪が抜け落ちるのを見るより、今思いきって短くしたほうが気が楽だし、子供たちにとってもあらかじめ知っていれば、あとで受けるショックがいくらかでも軽くなるだろう。

「一緒に行って、新しい髪型を選ぶのを手伝ってちょうだい。きっと楽しいわよ」

三人はふたたび歩きだしたが、子供たちはすでにさっきまでの元気をなくしていた。リヴィアはペイトンの手にしがみつき、ジアは横目で母親の顔をうかがっている。

「ママ」しばらくしてジアが言った。「髪はまた伸びるんでしょう?」

ペイトンはジアの手を握りしめた。「ええ、もちろん」

その話題はそこまでで、三人はもっと楽しいおしゃべりをしながら歩きつづけた。

市街地に入り、美しい石造りの広場を横切った。いたるところに大きな陶器の鉢が置かれ、色とりどりの花が咲き乱れている。

しゃれた美容院の手前の角まで来たとき、リヴィアが両腕を広げて叫んだ。「見て! パパよ! パパが戻ってきたわ!」

近づいてくるマルコを見て、ペイトンの胸は高鳴った。「早かったのね。戻ってくるのは夜だと思っていたわ」

「予定より早く仕事が片づいたんだ」マルコは子供たちをさっと腕に抱きあげ、ペイトンにキスしようと身を乗りだした。彼女は心もとなげに横を向き、頬をさしだした。

マルコの目がきらっと光るのをペイトンは見逃さなかった。怒っているのか、それとも面白がっているのだろうか。ともかく、彼はおとなしく彼女の頬にキスをした。

「三人でどこへ行こうとしていたんだ?」

ペイトンはバッグを肩にかけ直した。「ちょっと買い物に」子供たちが美容院の件を口にしないよう心のなかで祈った。マルコが長い髪を好きなのは知っている。でも、それがごっそり抜け落ちるのを見なければならないのは彼ではない。「それからアイスクリームを食べに」

「アイスクリーム？　きみたち女の子はアイスクリームに目がないんだね」マルコはからかうように言い、ジアとリヴィアにほほ笑みかけた。

「そうよ！」双子は声をそろえてうれしそうに答えた。最初のころのぎこちない堅苦しさは消え、子供たちはマルコにすっかりなついている。

「ママは髪を切るのよ」リヴィアがまじめくさった顔で言った。

やられたわ。ペイトンは明るい笑みでごまかそうとしたが、マルコには通じなかった。ペイトンを見つめる彼の目にはいぶかしげな表情がある。「へえ？」

「短く切っちゃうの」ジアが言い添えた。

「短いのは好きじゃないのに」リヴィアは涙声になった。「ママの長い髪が好きなのに」

マルコは子供たちを下ろした。「なにもママは今日髪を切る必要はないんじゃないかな」

いらだちが手にとるように伝わってくる。しかしペイトンは顎を上げ、マルコの目をまっすぐに見つめ返した。これはわたしの問題よ。癌にかかっているのはわたしで、あなたではないわ。治療を受けるのはわたしなのよ。「予約してあるの。直前になってキャンセルできないわ」

「できるさ」マルコははねつけた。「きみの代わりにぼくがキャンセルする。チップをはずめば、文句は言われないだろう。よくあることだし」

「マルコ」

「これは子供たちの休暇なんだ。家族四人の休暇だ。髪を切るのはあとでもできる。実際、あとのほうが楽だろう。みんなを巻きこむことを思えば」

ペイトンは彼に怒りをぶつけたかった。自分のことは自分で決められると彼にわからせたかったが、子供たちを動揺させるわけにはいかない。とくに心に残る楽しい思い出を作ろうとしているときに。

マルコは予約をキャンセルし、三人の買い物につきあった。彼の品物を選ぶこだわりは相当なものだった。日焼け止めクリームひとつ買うのに、すべてのラベルをチェックする始末だ。子供たちのサンダルを買うときは、販売員に自分の好みであれこれ注文を出したが、結局、最後は子供たちがいちばん気に入ったものを選んだ。ペイトンの帽子にいたっては、つばが大きすぎず小さすぎず、ばかげた花やリボンのついていない完璧《かんぺき》なものが見つかるまで、彼女の頭に次から次へと帽子をのせていった。

彼を急《せ》かしたい衝動をペイトンはかろうじてこらえた。日焼け止めクリームとサンダルと帽子。それだけ買うのに、こんなにも時間がかかったのは初めてだ。だけど、一緒に買い物をする喜びを味わっているマルコの邪魔をするのは申し訳ない。

「これでおしまいかしら?」ペイトンは、ベビーシッターとしてミラノから来てもらったピエトラへのお土産に、角のコンビニエンスストアでお菓子と雑誌を買った。

「きみの買い物がすんだのなら」

「ええ、すんだわ」

「じゃあ、アイスクリーム！」暑さでぐったりした子供たちがせがんだ。「ねえ、早く」

天井で古めかしい扇風機がゆっくりまわっている薄暗い店に四人は入った。ひんやりした空気がほてった肌に心地よい。

ペイトンはほっと息をつき、鉄製の椅子に腰を下ろした。「ここは涼しくて気持ちがいいわね」

「今日はそんなに暑くないじゃないか」マルコは子供たちのアイスクリーム代を払った。

「わたしはサンフランシスコから来たのよ」ペイトンは椅子を引いて子供たちを座らせた。

「家にいるときはいつもスウェットシャツだもの」

「きみみたいにきれいな若い女性が」

ペイトンは笑い声をあげた。マルコにからかわれるのが好きだった。二人のあいだの……気軽な雰囲気が好きだった。「先祖が雪と氷におおわれた北欧の出身なのは、どうすることもできないわ」

マルコはアイスクリームの小さなカップを持ってテーブルに戻ってきた。「ありがたいことに、きみの血に氷はまじっていない。あの方面に関しては情熱的だ」

ペイトンははっと目を上げた。顔全体が燃えるように熱くなる。彼の言葉だけでなく、愛撫《あいぶ》するような口調にどぎまぎした。

「しっ」彼をたしなめ、アイスクリームを食べている子供たちを目顔で示す。

マルコは肩をすくめた。「二人とも食べるのに夢中だよ」

「それでも」

「それでも、なんだい?」彼は身を乗りだし、声を低くした。それがかえってペイトンの心を乱し、想像力をかきたてる。

「そんなことを言うべきじゃないわ」

マルコはスプーンをとり、彼女が食べているコーヒー味のアイスクリームをひと口味わった。「どうして?」熱っぽい興味深げなまなざしがペイトンをとらえて放さない。「それは事実だろう」

9

街から戻ると、四人はひと泳ぎしてさっぱりした。ピエトラが子供たちを昼寝に連れていき、マルコとペイトンはプールに残った。

マルコはタオルの上に寝そべって日光浴をし、ペイトンは寝椅子に横たわって本を読もうとした。だがページをめくっているだけで、いっこうに内容が頭に入らない。小説以外のことを考え、もう三度も同じ箇所を読み返している。

子供たちのために最善を尽くそうとそればかりに専念し、自分のなかの飢餓感を見すごしていたことに、今ようやく気づいた。

マルコのそばにいるといやでも意識せざるをえない。この二年間で初めて、ペイトンはかつての情熱がまたかきたてられるのを感じた。

イタリアへの旅は心身ともに消耗させられるものになると覚悟していた。怒りや苦痛や後悔にさいなまれると。たしかに最初のうちは悩まされたが、今は不思議と心が満たされ、ぬくもりと安らぎを感じている。それが永久に続かないのはわかっているけれど、ふたたびそれを実感できたのはむしろすばらしいことだ。

「暑くなってきた」起きあがったマルコの全身は汗で光り、引きしまった腹筋がくっきりと浮かびあがっている。

ペイトンは体の芯《しん》に欲望のさざ波が走るのを感じた。彼を無視したくても、無理だ。いつだって彼を感じる。あたかも彼を知るために、彼を求めるために生まれてきたかのように。

マルコがふたたびプールに飛びこんで泳ぎはじめた。彼の泳ぎは力強く、あっというまに向こう端に達した。クロールで十往復したあと、ターンして仰向けになり、背泳ぎでさらに十往復する。

ペイトンの寝椅子からさほど離れていないプールの端で彼は頭を振り、髪からしたたる水滴を飛び散らした。「なぜ子供たちを美容院へ連れていこうとしたんだ？」プールの縁にもたれて尋ねる。

「美容院へ行くときは一緒に連れていくのが習慣だもの」

「でも、今回はばっさり髪を切るつもりだったんだろう？　それは子供たちにとってかなり過激だ」

「化学療法はかなり過激よ」

「知り合いで化学療法を受けた者はいないものでね」

ペイトンは本をわきに置いた。「わたしはいやというほど見てきたわ。それは命をとりとめはしても、体には過酷な治療なの。母の髪は大きな塊になって抜け落ちたわ。あんなにふさふさしていた髪が急に抜けはじめて。一週間後には頭を剃《そ》らなければならなかった」

「それで、今のうちに短くしておいたほうが、あとでつらくないと思ったんだね」

「ええ」

マルコはゆっくりうなずいた。「これからの半年はきみにとって厳しいものになるだろう」

「それはもう」

マルコはペイトンを見上げてほほ笑んだが、そのまなざしには陰りがあった。「ここでの休暇を存分に楽しもう。忘れられない思い出を作って帰れるように」

ペイトンの胸は締めつけられた。残された時間はわずかしかないという気がしてくる。これほど死ぬ運命を実感したのは初めてだ。「すてき」

「さっそく今夜、夕食から始めよう。気に入っている小さなレストランに予約を入れるけど、今夜はきみとぼくの二人だけだ」

タクシーのそばに立ったマルコは、ペイトンが子供たちにおやすみのキスをするのを見

守っていた。双子は彼女のウエストに両腕を巻きつけ、ひしと抱きついている。二人とも
ペイトンを愛している。彼女はすばらしい母親だ。活発なジアと感受性の強いリヴィアを
上手に扱うこつを心得ている。
どうか、ペイトンの身に何も起こりませんように。マルコは心のなかで祈らずにはいら
れなかった。
彼女がこっちへ向かってきた。そのさりげないシックな装いをマルコはほれぼれと見つ
めた。黒いビーズ刺繍《ししゅう》の小花をあしらった白いシルクのキャミソールに、ヒップハンガ
ーの黒いベルベットのスラックス。やや広がったスラックスの裾《すそ》からかかとの高い華奢《きゃしゃ》な
サンダルがのぞいている。それは彼女ならではのスタイルだった。
マリリーナは着こなし方を心得ているが、ペイトンには個性的なきらめきがあるとマル
コは思った。
しかし彼女がタクシーのそばまで来たとき、ダークブルーの目が潤み、まつげが濡《ぬ》れて
いるのに気づいた。
マルコは彼女の背中に手を添えた。「どうした？　何かあったのか？」
ペイトンはほほ笑もうとしたが、唇が震えて高ぶる感情を隠すことができなかった。
「なんでもないの。ちょっと考えすぎみたい」ピエトラと玄関の石段に立っている子供た
ちを見やり、手を振る。「あの子たちといつまでも一緒にいたいわ」新たにこみあげてき

た涙を彼女は懸命にこらえた。「この先もずっと健康で、強く、いい母親でいたい」

マルコはペイトンを胸に引き寄せ、両腕で包みこんだ。「必ずきみは元気になる」

「でももし治療の効果がなかったら?」涙で声がくぐもった。「二人の成長をそばで見守ってやれなかったら? そんなの耐えられない」ペイトンは身震いし、大きく息を吸いこんだ。「ごめんなさい」顔を上げ、無理してほほ笑む。「子供たちを不安にさせる前に出かけたほうがよさそうね」

マルコは車のなかで黙りこくっていた。夜は始まったばかりなのに、ペイトンはもう疲労を感じていた。横目でそっとうかがうと、彼は深刻な面持ちで何やら考えこんでいる様子だ。

「なぜとり乱してしまったのか、わからないわ」ペイトンはかすれた声で言った。「すべてうまくいっていたのに。とても幸せな気分でいたのに」

「きみは必ず克服する、ペイトン」マルコは手を伸ばし、彼女の手をとった。「きみは強い。自分で考えているよりはるかに強い」

「でも、もしだめでも、あなたがいれば子供たちは大丈夫」

マルコの手が彼女の手を握りしめた。「いや、二人にはきみが必要だ。この先もずっと必要だ。だから闘うんだ、ペイトン。病気を退治しろ。退治するんだ」

「そのつもりよ」

レストランはカプリの中心にある美しい広場に面していた。二人は柱廊に囲まれた中庭のテーブルに案内された。中庭の上には白色光の豆電球がずらりとぶらさがり、各テーブルにはキャンドルが灯《とも》されている。

メニューを見ているだけで、ペイトンは食欲がわいてきた。リコッタチーズとハーブを詰めたラヴィオリ、バターとセージとパルメザンチーズをかけたラヴィオリ・アッラニーバル、茄子《なす》とトマトとモッツァレラチーズのソースであえたペンネ・アッラ・カンティネーラ。

「今夜は食欲旺盛《おうせい》だわ」ペイトンはメニューを閉じた。「ここに載っている料理をすべてちょっとずつ食べたい気分よ」

「そうすればいい」

ペイトンは声をあげて笑った。「わたしをここから転がして帰る羽目になるわよ」

「だから、なんだ？　少なくともきみは料理を満喫したことになる」

思いやりのこもった彼の温かいまなざしに、ペイトンは息をのんだ。結婚しているとき、こんなふうだったら。恋人になる前に友達でいたなら。「ありがとう、マルコ」

彼はメニューをわきに置いた。「ぼくが何かしたかな」

ペイトンは両手を上げ、美しい照明とお祭りのような雰囲気を身ぶりで示した。「すばらしいわ、マルコ。こんな格別なものを。あなたや子供たちとのこの休暇は、あなたが思っている以上にわたしの力になっているわ」

「すばらしいのはきみだよ」

「いいえ」

「きみは気丈な女性だ、ペイトン。美しい心の持ち主だ。そして相変わらず魅惑的でもある」

ペイトンは熱い塊に喉をふさがれた。マルコに褒められ、こんなふうに熱いまなざしで見つめられると、喜びで胸が高鳴り、頭がくらくらしてくる。トラサルディ宮殿で彼にダンスを申しこまれたあの晩と同じように。

あれはまさに魔法のような一夜だった。ダンスのあと二人は外に出て、酒を飲みながら一時間ほどおしゃべりをした。家まで送るとマルコが言ったとき、ペイトンはなんのためらいもなく受け入れた。彼を誘惑するなどという考えは浮かびもしなかった。彼とキスするとは思ってもいなかった。

だがマルコは唇を重ねてきた。賄い付き下宿屋の入口まで一緒に歩いたとき、彼は玄関の石段の上でペイトンにキスをした。頭上の小さな照明に引き寄せられた蛾《が》が、ぱたぱたと羽音をたてていた。彼が頭を下げて唇を重ねた瞬間、魔法が起こった。

ごく自然な成り行きだった。懸念も疑問もいっさいなかった。ただ彼と一緒にいたいだけだった。彼の愛撫《あいぶ》と情熱、そして喜びをひたすら味わいたかっただけだ。

その晩、マルコの腕のなかでペイトンは根底から揺さぶられるような強烈な経験をした。彼以外の相手は考えられなかった。

「ペイトン」

マルコに呼ばれて彼女はふとわれに返った。「何か言った?」

彼がほほ笑んでいる。「もう少しワインはどうかときいたんだ」

「いいえ、もう充分よ」後悔で胸がうずきだす。二人が別の形で問題に対処していたなら。努力して結婚の危機を乗り越えていたなら。

食事がすむと、給仕が勘定書を持ってきた。

「どうやらディナーは成功だったな」財布をしまいながらマルコが言う。「小さなお目付け役なしでも、うまくやれたわね」

「お目付け役が必要なのはぼくじゃない」

彼は何が言いたいのかしら。「わたしが必要としていると?」

マルコはやや目を細め、彼女の口元に視線を据えた。「そういうことだ」

誰かが体内におびただしい数の蝶《ちょう》を放ったような気がした。「なぜわたしが?」

彼の視線が口元を離れ、彼女の顔の上をゆっくりさまよった。深くくれたキャミソールの襟ぐりをペイトンは意識せずにはいられなかった。

「ぼくはきみの影響を受けていないと思っているんだろう?」低い声がさらに低くなる。

「もはやきみに魅力を感じていないと?」

「わからないわ」

「ぼくにはわかっている。参考までに言うけど、出会った瞬間のあの不思議なきらめきが消えたことはない」

胸の動悸《どうき》が速くなり、体がかっと熱くなるのをペイトンは感じた。うっとりしてはだめ。ただの言葉じゃないの。それでも、夜の雰囲気のせいかワインのせいかわからないけれど、彼の言葉は耳に心地よかった。

「それは賢明ではないわ」

「ぼくたちが賢明だったことがあるかい……少なくともお互いのこととなると?」

「でも、今はそれが用心するための理由になるんじゃないかしら?」

「かもしれないし、違うかもしれない。それは考え方しだいだ」

考え方。適切な言葉だとペイトンは思った。まさに今こそ自分の考え方に固執する必要がある。自分を見失ったら、傷つくのはわたしだけではないのだから。

子供たちがいる。そしてマリリーナも。少なくともほかの三人に影響を及ぼす。

ペイトンは無理やり感情を封じこめた。責任を持って行動しなければ。飢えや欲求に屈服するわけにはいかない。「遅くなったわ。ピエトラが心配する前に帰ったほうがいいんじゃないかしら」

「ピエトラは心配しない。むしろ、ぼくたちがひと晩中出かけるのを期待しているよ。彼女は金が必要なんだ」

「でも様子を確かめないと。ちょっと電話してくるわ」ペイトンは席を立とうとした。

「これを使って」マルコがポケットに手を入れ、携帯電話をとりだした。

黒い目が挑むようにペイトンの目をとらえている。本当は電話をかけたいわけではないのを彼は知っているのだ。わずかに残された自制心にすがりつこうとしているだけなのを見抜かれている。

「たぶん、あとで借りるわ」声がかすれた。

マルコは肩をすくめ、携帯電話をポケットに戻した。「必要になったら言ってくれ」

顔を上げたマルコはふたたび彼女を見つめた。その目に情熱と炎と渇望感が揺らめくのをペイトンは見てとった。彼はわたしを求めている。わたしを家に連れ帰り、服を脱がせて、長いあいだ遠ざけてきたことをしたがっている。

マルコの口元にセクシーな笑みが浮かんだ。「神経質になるなよ」

「誰が神経質になっているの?」

「ペイトン、今夜はきみとぼくだけじゃないか。ぼくたちは互いをよく知っている。くつろいで一緒に楽しめるくらいの間柄だ。楽しみ方はまだ知っているよね?」

胸の鼓動が速くなった。「もちろんよ」

「よかった。だったら存分に楽しもう。まだ宵の口だし、きみは信じられないくらいセクシーだ。次は踊りに行くべきだと思うよ」

二人は広場を横切って右手の小道に入り、音楽が聞こえてくるほうへと歩いていった。入口に長蛇の列ができたクラブがある。

「どうやら踊れそうにないわね」今夜は踊らずにすみそうで、ペイトンはほっとした。こういうムードのときのマルコは用心したほうがいい。

「大丈夫だ」彼はペイトンの手をとった。

そのとおりだった。並んで待つ必要も入場料を払う必要もなかった。マルコの姿に気づいたドア係が手を振って入るよううながした。すてきな人生だこと。マルコに導かれて薄暗い店内に入りながらペイトンは思った。

ダンスフロアの片側にある小さなブースにマルコは空席を見つけた。クラブの壁はアクアマリン色に塗られ、天井にはミラーボールがまわり、ストロボがきらめくたびに青いネオンライトが白銀色に変わる。音楽は騒々しく、床に低音がずしんずしんと響いている。会話をするのはほとんど不可能だった。マルコがワインを注文する前に、壁と同じ色合いのカクテルが二つ運ばれてきた。

「あちらのレディからです」ウエイトレスが向かい側のブースを手で示した。

ふさふさした金髪の若い女性がグラスを持ちあげて二人に挨拶《あいさつ》した。

ペイトンは一瞬ぽかんとなり、次に腰が抜けるほど驚いた。そのレディというのはアメリカの有名な映画女優だった。

「リサ・ハーパーを知っているの?」けたたましい音楽に負けじと、ペイトンは大声で尋ねた。じろじろ見ないようにしようと思っても、今やリサはマルコにさかんに投げキスを送っている。酔っているのか、彼のファンなのか、どちらかだ。

マルコは肩をすくめた。「今年のアカデミー賞用のドレスをデザインしたんだ」テーブルの上のカクテルに顎をしゃくる。「これにするか、それともう少しおとなしいのを注文すべきかな?」

「もう少しおとなしいのを注文すべきって、どうして?」

マルコは青いカクテルをとりあげてひと口味わい、かすかに鼻にしわを寄せた。「きみに〝洞窟《どうくつ》のなかの舌〟を飲む覚悟ができているかどうか、確信がなかったから」

ペイトンは喉を詰まらせそうになった。「なんですって?」

「〝洞窟のなかの舌〟」繰り返すマルコはいかにも楽しそうに目を輝かせている。

「聞こえたわ。名前が信じられなかっただけ」

「この店のスペシャル・カクテルだよ。カプリの名所〝青の洞窟〟にちなんでつけられたんだ。毎年夏には数千人の観光客が訪れる」

たしかに〝洞窟のなかの舌〟だわ。頬が赤らんでくるのがわかる。ペイトンは脚を組んで膝をぴったり合わせた。「わたしたちはまだそこへ行ってないわよね？」

「ああ」マルコは彼女のほうに身を乗りだし、耳元でささやいた。「きみと実行したいとずっと思っていたことだ」彼が観光を意味しているのでないことは、そのいたずらっぽい表情から明らかだ。

ペイトンはウオッカをベースにした青いカクテルを飲もうとしたが、口元へ持っていくたびに、四人乗りのボートでの洞窟観光とは関係ないエロチックな場面が脳裏に浮かんで妨げられた。

「きみには無理だな」見かねてマルコが言った。

「少し強いけど、これでいいわ。本当はお酒を飲みたいわけじゃないの」

「じゃあ、踊ろう」

彼と踊るのは久しぶりだ。二人ともダンスは好きだった。それに、彼とここに座って強いカクテルを飲んでいるよりは安全だろう。「ええ」

込みあったダンスフロアへ出ていくと、驚いたことに踊りに熱中していた何組かのカップルがわきへ下がり、二人のために場所をあけた。

みんなマルコの顔見知りなのだとペイトンは気づいた。考えてみれば、この島の住人の大半が彼を知っているに違いない。三代にわたって彼の一族はカプリの名士として名が通っている。母方の祖父は島の華やかな歴史において重要な役割を演じた人物だという。

速いテンポの曲が二曲続いたあと、スローナンバーに変わった。マルコはペイトンを抱き寄せ、片手をウエストにあてがった。彼の巧みなリードで踊るのがペイトンは好きだったが、それ以上に彼の腕のなかにいるのが心地よかった。

踊りながらマルコは彼女の手を持ちあげ、手首の内側にキスをした。

「約束するよ、ペイトン。きみが直面していること、耐え抜こうとしていること、それにきみひとりで立ち向かわせはしない」

「あなたがそこまでしなくても」

「わかっている。でも、そうしたいんだ。ぼくはきみと一緒に闘う。何が起ころうと、きみのそばにいるよ」

まぶたの裏がじんと熱くなったが、ペイトンは涙をこらえた。「プリンセスがいくら寛大でも、その約束を認めるとは思えないわ」

「決めるのはぼくで、マリリーナではない」マルコはペイトンの手を引っ張った。「そんな沈痛な顔をしないで。さあ、外に出て新鮮な空気を吸おう」

ペイトンは彼とともに込みあったダンスフロアを横切り、近くのドアに向かった。ドアを押しあけ、ひんやりした夜気のなかに踏みだす。夜空には無数の星がまたたき、潮の香が漂ってくる。

「マリリーナに関して話がある」だしぬけにマルコが言った。「彼女のこと、ぼくたちのことについて話がしたい」彼は顔をしかめた。「きみと話しあいたかったことが山ほどあるような気がする」

肌寒くなり、ペイトンは両腕で体を抱いた。「たぶん、わたしたちがあまり話をしてこなかったからでしょうね。トラサルディ宮殿でパーティが開かれたあの晩、わたしたちは何段階も一気に飛び越えてしまった気がするわ」ふっと息をのむ。「たとえばおしゃべりとか」

マルコはいくぶんからかうような表情でペイトンに一瞥《いちべつ》をくれた。「行動にかりたてたのは、おしゃべりではなかった」

「ええ。でも、その行動がさまざまな問題を生じさせたことを忘れないで」ペイトンは泣きたいのか笑いたいのかわからなかった。

ウエイトレスが出てきて、何か欲しいものはないかと尋ねた。マルコはミネラルウォーターのボトルを二本、注文した。ウエイトレスが店内に消えると、彼はにやりとした。

「青いカクテルはもういいだろう」

「とくに、それが暗示的な意味合いを含んでいる場合はね」

「そうなのか?」マルコが無邪気なふりを装ってきく。「カクテルはカプリの自然の宝への敬意を表していると思っていたが」

「そうでしょうとも」

マルコは穏やかな笑い声をあげ、低い石の塀に寄りかかった。「今夜は実に楽しかった」

ペイトンは頭をそらして夜空を見上げた。月は満月に近く、星が青みがかった黒い空に光の帯を作っている。美しい夜。そしてマルコはすばらしい同伴者だ。「わたしもよ」

二人はいっとき何も言葉を交わさず、店内から流れてくる音楽と下の岩場で砕ける波の音を聞いていた。しばらくしてマルコが振り向いた。「もしぼくたちがもっと話をしていたら、問題を解決できたと思うかい？」

10

彼の言葉になぜこれほど胸がうずくのだろう。ペイトンはうつむき加減に塀の縁に腰かけた。マルコとはどこも触れていないのに、彼の存在をひしひしと感じる。二人のあいだに起こっていることをいやでも意識する。「わからないわ。たぶん、それでも最後は別れることになったでしょうね。でも苦痛は少なかったかもしれない」

マルコはしばし黙りこんでいた。「こういう質問はしたくないが、理解しようとしているんだ。きみは別れは避けられなかったという言い方をする。なぜなんだ?」

ペイトンは眉をひそめ、適切な答えを探そうとした。正当な理由は山ほどあるはずなのに、ひとつも浮かんでこない。「さあ、なぜかしら。ただ、問題を解決できたとは思えないだけよ」

「どうして? 根本的にきみが悪いわけではない。根本的にぼくが悪いわけでもない。実際、ぼくたちには多くの共通点がある」

彼の執拗《しつよう》さにペイトンはとまどいをおぼえた。彼は何を言わせたいのかしら。どんな答えを期待しているの？

　ペイトンは塀の縁にのせた腰の位置を変えた。ざらざらした石がふくらはぎをこする。

「わたしはあまり社交的なほうじゃないから。デートはさして重要ではなかった」

「だけど、ボーイフレンドはいたはずだ」

「男性の友人はいたわ。でもロマンチックな関係は一度もなかった。あなたが初めてよ」

「初めての恋人だった」

「すべてが初めてだった」ペイトンはぎこちなく身じろぎした。「父が出ていったあとの母の苦悩を見てきたので、努めて異性関係は避けようとしてきたの。もちろん結婚する気などなかった」

「なのにぼくが強要した」

「そうするのが子供たちのために最善だと思ったからでしょう」

「そのはずだった、理想の世界では」

　ペイトンは唇を噛《か》んでため息をこらえた。彼の提案は理にかなっていたが、二人の世界は理想の世界ではなかった。ことにペイトンにとっては。マルコのような男性との結婚は、ただただ彼女を圧倒した。地方の競技会で好成績をあげた選手がいきなりオリンピックに出場したようなものだった。マルコは並の男性ではないし、彼との生活はふつうとはほど遠かった。

「きみはぼくと結婚したことを悔やんでいた」マルコは確認するようにペイトンを見た。「ある日、口論になったとき、ぼくはそのことできみをなじった気がする」

ペイトンの頬が紅潮した。別居の引き金となった喧嘩《けんか》のことを彼は言っているのだ。その直後、マルコは彼女と子供たちを残してミラノの屋敷から出ていった。「実際はこう言ったわ。〝恩知らずで成り上がりのくだらないアメリカ女〟って」

「おおっと」マルコは顔をしかめた。「なんて無礼なやつだ」

あの喧嘩は今でもはっきり覚えている。マルコが出ていったあとの惨めな九カ月間も。彼のいない寂しさと期待していたことすべてが拒絶された悲しみで、ペイトンは何カ月も泣きつづけた。「ええ、たしかにあなたと結婚したことを悔やんだわ。結婚して一年であなたは屋敷から出ていき――」喉がひくひくし、彼女は言葉を切った。

今あのときのことを考えてみると、マルコは去ったわけでも、接触を絶ったわけでもないのだ。

彼に会うのが耐えられなかったのはペイトンのほうだった。それほどの苦痛と憤りにとらわれていたのは彼女だった。

潜在意識下で問題を拡大させ、男と女の本格的な闘いへと一方的に発展させてしまったのではないだろうか。それどころか、ひょっとすると両親の二の舞を演じていたのでは？

「話の途中だね？」彼がうながした。

　ペイトンは首を振った。彼にそれをどう告げたらいいかわからないし、話すべきかどうかもわからない。

　ウエイトレスがミネラルウォーターのボトルを持って現れ、マルコは代金を払った。ウエイトレスが店内に戻ると、彼は話を再開した。

「なぜぼくと結婚したことを悔やんだ？　きみの願望だったはずなのに」

「あなたとの結婚でわたしは何を得たかしら？　あなたの伴侶《はんりよ》になれなかったのはたしかだわ！」

「ぼくの伴侶になりたかったのか？」

「ねえ、マルコ、あなたはどう思っていたの？」ペイトンはボトルを口元へ持っていき、冷たい中身を喉に流しこんだ。

「きみはいろいろひっくるめてすべて望んでいるのかと思っていた」

「地位や富や名声を？」ペイトンは乾いた笑い声をあげた。「やめてよ。玉《たま》の輿《こし》に乗りたいと思ったことなんか一度もないわ。率直に言って、人に養ってもらうのは好きじゃないの。自分の面倒は自分で見られるもの」

「きみはこの二年間、自力で立派にやってきた」

「検診を受けるまではね」自分の力ではどうにもできない過酷な現実を、ペイトンはあらためて痛感した。

二人は無言のまま帰途についたが、さまざまな思いがペイトンの頭のなかを駆けめぐっていた。何を考えるべきか、何を感じるべきかわからない。二人で話しあったことすべてに圧倒されていた。それでいながら不思議と心は安らいでいる。

マルコは玄関の戸締まりをして、ペイトンの寝室の前までついていった。おやすみを言って立ち去ろうとしたとき、ペイトンが彼の袖《そで》に手をかけて引き止めた。

「マルコ、離婚する前に口論したとき、あなたはわたしが関心を持っているのはダンジェロの名前だけだと言ったでしょう。今夜それを思い出したわ」

「あのころは売り言葉に買い言葉だった」

「そうね」彼の腕をつかむ手に力がこもる。「でも、これだけは知っておいてほしいの。たしかにわたしはダンジェロの名前に惹《ひ》かれていた。今でもね。だけど、あなたが考えているような理由ではないわ。わたしにとって名声はどうでもいいの。色使いや生地やデザインに惹かれているのよ。あなたやあなたの父親に関心を持ったのは、ダンジェロの作品を愛しているからよ」

彼は理解してくれたかしら？　ペイトンは単に彼の名前やハンサムな容貌《ようぼう》に惹かれているわけではなかった。彼のすべてに魅了されていた。そのあふれんばかりのエネルギーや迫力、そして将来に対する展望に惹かれていた。

わたしは彼を愛している。単純な話だ。

それが物事を複雑にしているのだ。

マルコはゆっくり服を脱ぎ、緊張をほぐそうと熱いシャワーに打たれた。筋肉が瘤《こぶ》のように固くなり、頭はずきずきしている。ペイトンのせいで。

今でも彼女を欲している。この二年間、いったい何を考えてきたのだろう。そしていったい何をしてきたのか。

結局マリリーナとはお互いにふさわしい相手ではなかったが、彼女は理想的な妻になるだろうという幻想にとらわれてきた。

なぜか。なぜペイトンよりマリリーナのほうがふさわしい相手だと思いこんだのだ？　たしかにマリリーナはペイトンと違って彼の感情をかき乱さなかった。マリリーナといるときはいつも自制心が働き、感情を抑えることができた。

マリリーナといるときは分別をわきまえ、理性的でいられた。

ペイトンといると体の底から活力がわきあがってくるのを感じる。激しい感情の高まりを感じる。

マルコはいきなりシャワーを止め、全身から水滴をしたたらせて大理石のバスルームに棒立ちになった。腕で顔をぬぐう。ひょっとすると、それが問題だったのではないだろうか？　ペイトンといると感情をかきたてられ、それにのみこまれるのが怖かったのではないか？

彼はタオルをつかんで濡《ぬ》れた体を拭《ふ》き、自身でデザインしたパプリカ色のゆったりしたコットンパンツをはいた。くつろいで眠れる部屋着だ。額にかかった髪を指で後ろへ撫《な》であげ、部屋を出てペイトンの寝室に向かう。

ドアが開いた瞬間、彼を見てペイトンは驚きの表情を浮かべた。「どうしたの？」

彼女もシャワーを浴びたらしく、白と黒のシルクのパジャマに着替えていた。男物のような大きめのパジャマを着た姿は、小柄なせいかとても若々しく見える。いや、実際彼女はまだ若いのだ。ふとマルコは思い出した。二人が結婚したとき、彼女は二十三歳だった。もうじき二十七歳になる。彼は十二歳年上で人生経験も知識も豊富だった。だが、思慮分別のある行動をしてきたか？　大人らしくふるまってきただろうか？

マルコは大きな青い瞳を見つめ、そこに今も変わらぬ純真さを見てとった。この数年間、彼女をまともに見るのを避けてきた。彼女が処女を失ったあの晩、彼女から何かを受けとったことを認めたくなかった。感情面の責任を負いたくなかったのだ。

マルコはペイトンを傷つけた。彼女はうぶで、彼は無慈悲だった。なんたる組み合わせだ。

過去を変えることはできないけれど、二人の前にはまだ未来がある。「あと四日しか残されていないとしたら、きみは何をしたい？」

ペイトンの青い目が大きく見開かれた。彼の質問にショックを受けているのだ。「子供たちとできるだけ多くの時間を過ごしたいわ」

「それだけか？」

「いいえ」彼女は下唇を噛んだ。「あなたともできるだけ多くの時間を過ごしたいわ」

マルコは片手を伸ばし、彼女のなめらかな頬を撫でた。「きみがそう言うのはわかっていた」

「そんなにわたしは予想がつきやすい？」

「いや。きみにそう言ってほしいと期待していたんだ」高まる緊張に胸が締めつけられる。「なあ、ペイトン、やり直すには遅すぎるだろうか？」

ペイトンはまばたきした。青い目に涙がにじみ、唇がかすかに震えている。「いい友達になれるよう努力するということで、すでに意見は一致したでしょう」

マルコは単なる友達にはなりたくなかった。友情以上のものが欲しい。初めての晩に味わったあの炎のような情熱が欲しい。何人もの女性と愛を交わしてきたが、ペイトンとの愛の行為はそのどれよりもはるかに強烈で現実感を伴った。

今ここで彼女をむさぼりつくしたいという動物的な衝動を懸命に抑え、マルコは彼女の頬を両手で包みこんだ。「きみとぼくは単なる友達にはなれない。情熱がありすぎる。性的磁力が強すぎる」

ペイトンは大きく息をのみ、心の乱れをなんとか静めようとした。マルコの親指が頬の上でゆっくり円を描いている。ほてった頬に押しあてられた彼の手の感触に全身が反応し、まともに考えることもできない。

ああ、どんなに彼が恋しかったか。もう一度愛されたいと何度願ったか。でもそれは状況をさらに複雑にするだけだ。そしてさらに傷つくだけ。

「もう遅いわ」ペイトンは弱々しくつぶやいた。完全に自分を見失う前に身を引くべきだとわかっている。

マルコの口元に笑みが浮かんだが、黒い目はほほ笑んでいない。「それほど遅くない」

彼の手を頬から払おうとペイトンは片手を上げたが、気がつくと、行かせまいとするように彼のシャツをつかんでいた。

どんなに彼が欲しくても、欲望に屈するわけにはいかない。

しっかりしなさい、ペイトン。今抵抗しなければ、このままずるずると成り行きにまかせてしまうわ。

塊が喉をふさぎ、目の奥が熱くなる。「子供たちの声がしたみたい」

「何も聞こえないよ」

「あなたは慣れてないから、聞こえないのよ」ペイトンはごまかした。マルコの手が頬からすべりおり、親指が喉のくぼみに押しあてられると、胸の鼓動がさらに激しくなった。

マルコはごまかされなかった。「二人が起きてきても、別にかまわないじゃないか。ぼくがきみに触れているのを目にするだけだから」

「でも、マリリーナが――」

「彼女はここにいない」マルコは頭を下げ、彼女の頬に軽くキスをした。「ここにいるのはマルコとペイトンとジアとリヴィアの家族四人だ」

首筋と喉を愛撫《あいぶ》され、強烈な刺激に思わずペイトンは身震いした。あの最初の晩もこんなふうだった。完全にわれを忘れ、彼に身をまかせた。

今はあのころより大人になったし、分別もそなわっている。マルコがマリリーナのことを今夜は忘れられたとしても、ペイトンには忘れることはできなかった。

「だめよ、やめて」両手を彼の胸に置き、指を広げて押しやる。「こんなのだめよ、マルコ。あなたはわたしのものじゃない――」

「ぼくは誰のものでもない」マルコはかすれた声でさえぎった。

「マリリーナがいるじゃない！」

マルコの頭が上がった。黒い目が怒りに燃えている。「彼女とは終わったんだ」

ペイトンは一瞬勝ち誇った気分になり、それから後ろめたさをおぼえた。マルコを愛しているし、彼のそばにいたいけれど、ほかの女性から彼を奪ってまでそうしたいとは思わない。

「これがぼくの選択だ」マルコは激しい口調になった。「ぼくは彼女を愛していない」

「今はそう言っているけど、かっとしたはずみってこともあるでしょう。あとで気が変わったら、どうするの？」

「かっとしたはずみだって？」マルコはポケットに手を突っこみ、大きな宝石のついたゴールドの指輪をとりだした。「じゃあ、これはなんだ？」

ペイトンはマーキーズ・カットのダイヤにじっと見入った。「誰のもの？」

「百も承知のはずだ」

「マルコ――」

「マリリーナとのあいだは終わったと言っても、きみは信じようとしない。これが証拠だよ。彼女に贈った婚約指輪だ。これ以上何が必要なんだ？」

ペイトンは探るように彼の目を見つめた。相反する感情が胸のなかでせめぎあっている。期待と不安。興奮と後ろめたさ。彼の手のなかの指輪に視線を落とす。特大のダイヤは明かりを反射して燦然《さんぜん》と輝いている。

「四日しか残されていないとしたら、できるだけ多くの時間をぼくと過ごしたいときみは言った」マルコは彼女の顎を指で持ちあげ、ふたたび二人の視線をからみあわせた。「ぼくも同じ気持ちだ。ぼくが一緒にいたい相手はきみしかいない。きみにぼくの子供たちを育ててほしい。それなのに、どうしてマリリーナのそばにいることができる？　どうして彼女との結婚を考えることができる？」

「でも、あなたたちには多くの共通点があるってあなたが言ったのよ。育った環境も価値観も同じだって」

「きみを永久に失ったと思っていたんだ。二度ときみは戻ってこないと思っていた。こんな言い方をするのは罰当たりだが、マリリーナは高価な保険証書だった。彼女との関係が、ふたたび誰かに傷つけられることからぼくを守ってきた」

「あなたはその……保険証書を失ったわ」ペイトンはつぶやいた。

「わかっている。だが、どのみち保険証書は効き目がなかった。きみは戻ってきて、病にかかっているとぼくに打ち明けた。ひょっとすると死ぬかもしれないと。自分が愚か者以外の何ものでもないと、ぼくは気づいた。この数年間、ぼくは大事をとって慎重に行動してきた。それは臆病《おくびょう》者のやり方だ。ぼくはとんでもない男かもしれないが、臆病者ではない。ほかの女性と一生を送るより、きみと四日間を過ごしたい」

マルコは寝室のドアを閉め、ペイトンに近づいていった。

「時計が時を刻む音が聞こえるような気がする。話はもう充分じゃないか」

彼はキスしようとしている。それはペイトンにもわかった。彼女自身、キスを望んでいることも。そして二人が触れあうと同時に理性が消えうせるのもわかっていた。

マルコに抱きしめられ、唇を激しく押しつけられて、彼のなかの相反する感情と欲求不満をペイトンは感じとった。マルコは彼女を懲らしめ、彼が感じたのと同じ苦痛を味わわせたいと思っているようだ。それなのに、両腕は優しく彼女の体を包み、両手は頭を抱くように支えている。

ペイトンは固く引きしまった腿の筋肉と押しつけられた彼の高まりを感じた。彼はわたしを欲しがっている。唇をこじ開けられると、自分自身の欲望に圧倒され、ペイトンは身震いした。

マルコは一歩踏みだし、脚を開かせてさらにぴったり二人の体を密着させた。

あらゆる神経が悲鳴をあげ、全身が焼けつくように熱くなり、ペイトンはまともに考えることもできなかった。身を引き離すようにと頭のどこかで命じる声がする。だが、長いあいだ残酷にも封じこめられてきた情熱と触れ合いを求める飢餓感が、それをくつがえした。

ため息まじりにペイトンは彼の胸に両手を這《は》わせ、背中を弓なりにしてマルコに体を押しつけた。シルクのパジャマを通して彼の体温が伝わってくる。筋骨たくましい体はなじみがありながら、ぞくぞくするほど刺激的だった。

マルコが足の位置を変えると、ペイトンは両腕を彼の首に巻きつけた。いつだって彼に魅了されていたけれど、これほど激しい欲望にとらわれたのは初めてだ。胸が痛いほどに張りつめ、全身の血管が脈打ち、下腹部がうずいている。渇望感を満たそうとペイトンはさらに身を押しつけた。

マルコは彼女の体に沿って手をすべらせ、腰骨の隆起した線を指先でたどり、それから腹部をてのひらでおおった。

何年間もペイトンは体の飢えを無視してきた。でも今は無視できない。マルコが欲しい。彼のすべてが欲しい。もう一度彼とひとつになりたい。サンフランシスコに戻ったとき何が起こるかは、誰にもわからない。未来は暗くおぼろげで、何も予測できない。確実なのは今この瞬間だけ。

マルコの手が腰をつかみ、固くこわばったものが腿のつけ根に押しつけられた。ペイトンは息をのみ、身をこわばらせた。全身の神経が彼の存在を感じている。

「きみが欲しい」マルコが低くかすれた声であえぐようにささやいた。

「ええ」ペイトンは彼を見上げた。黒い髪が額にたれ、黒い目は高まる情熱にぎらぎらしている。

マルコは唾《つば》をのみ、彼女の頬に触れた。「ぼくたちは慎重にならなければ」

「えっ?」頭がもうろうとして、彼の言わんとすることがまったく理解できなかった。

「避妊はしているのか?」

ペイトンは吐息をもらし、首を振った。「いいえ。あなたは持ってないの……」彼のポケットを指し示す。「コンドームは?」

「財布にコンドームは入れてないし、この家にも置いてない」彼女の困惑した表情を見て、マルコは言った。「マリリーナとぼくは子供じゃない。車のなかや暗い路地の片隅で迫ったことはない」

マルコは頭を下げ、彼女の唇の端にキスをした。

またしても体の芯《しん》を熱い興奮が貫き、ペイトンは揺らぐ体を支えようと手を伸ばして彼のシャツをつかんだ。「それでも愛を交わすことはできるわ」

マルコは首を振った。くしゃくしゃの髪が額にたれた顔は野性的に見える。「危険すぎる。以前、たった一度の行為で――」

「一度じゃないでしょう。あの晩、わたしたちは三度も愛しあったわ」

マルコの目がきらめいた。「ああ。でも、たった一夜の行為でぼくたちは双子を授かった。今はそんな危険を冒すわけにいかない。きみが化学療法を受けようとしているときに」彼はペイトンの顔を両手ではさみ、目と目が合うようにした。「だけど、別の方法で愛しあえないわけじゃない」

11

官能的なマルコの声にペイトンはぞくぞくするような興奮をおぼえ、彼のシャツにさらに強くしがみついた。シャツの下でたくましい胸の筋肉が盛りあがるのがわかる。マルコの手がパジャマのズボンの下にしのびこみ、おなかを優しく愛撫《あいぶ》する。それはまるで松明《たいまつ》の火を当てられ、青白い炎に肌をなめられるような感じだった。彼がパジャマのズボンを押しさげ、両方の足首から抜きとったとき、腿のつけ根がうずき、脚が震えた。

小さなレースのショーツと大きめのパジャマのシャツ姿でペイトンはその場に立たされた。彼の指があらわになった腿を這《は》いおり、内腿にまわって引き返す。レースのショーツの上からこんもりした丘をてのひらが包むと、ペイトンはかすかに唇を開き、舌先で乾いた唇を湿らせた。

マルコの指はシルクで縁取りされたショーツのなかへもぐり、花弁の外側を軽く愛撫した。ペイトンは叫び声をあげたかった。それは刺激的で興奮をかきたてたが、完全には満足できなかった。彼の手が情熱の門口まで来ていながら何もしないのは責苦にも等しい。

「どうした？」マルコの唇が頬をかすめ、耳の輪郭をたどる。「少し緊張しているみたいだね」

「意地悪しないで」

マルコの指がふたたび軽く愛撫を始めたが、またしても花弁の外側にとどまっている。ペイトンはぐっと身をそらした。キャミソールが胸にぴったり張りつき、固くなった頂がレースの縁飾りに突き刺さるようだ。

「もっとしてくれたら最高なのに」ペイトンは思いきってうながした。欲望にあふれた快楽主義者になった気がしたが、もうかまわない。

「どうやって？」

ペイトンは顔を赤らめた。完璧《かんぺき》にわかっているくせに。記憶が正しければ、彼の指先は器用で愛撫のテクニックに長《た》けている。「わたしに触れて」

「触れているだろう」

彼がにやにやしているのは間違いない。なんて不公平なの。「からかうのはやめて」ペイトンは顔がかっと熱くなるのを感じた。「からかっている場合じゃないでしょう」

「どうしてほしいんだ。ぼくはどうやってきみに触れたらいい？」

マルコは彼女に言わせ、その言葉どおり実行した。指を花弁の内側にすべりこませ、敏感なつぼみを撫《な》で、彼女のなかへと進ませていく。

ペイトンは身震いした。脚の力が抜けて今にもくずおれそうだ。それは信じられないほど官能的で女らしい自分を実感できる瞬間だった。マルコは女であることを感じさせてくれるすべを心得ている。彼がこんなふうに女の快感に目覚めさせてくれたのだ。それは一度の経験で病みつきになり、欲望の奴隷になっていく自分を想像できるほどだった。

「もう立っていられないわ」

「そうか。だったら、座ればいい」マルコは彼女を抱きあげ、優雅なライティングデスクの縁に腰かけさせた。「ぼくにもこのほうがいい」彼女の膝を開かせ、その前にひざまずく。

熱く潤った秘所に彼の舌が触れるのを感じ、ペイトンは息をのんだ。有名なカプリのカクテルが脳裏に浮かぶ。エロチックな〝洞窟《どうくつ》のなかの舌〟を彼は味わわせるつもりでいる。マルコは口を使ってペイトンを一気に絶頂へと押しあげた。激しい余波に身を震わせ、いっときペイトンはデスクから動くことができず、マルコにしがみついていた。

「噴火するヴェスヴィオ火山のような気がしたわ」彼の喉に顔をうずめてペイトンは恥ずかしそうに笑った。これほど強烈な経験をしたのは初めてだ。

マルコも笑い声をあげ、ペイトンを両腕に抱き寄せた。「ベッドに移ろう。ライティングデスクよりずっと快適だ」

上掛けの下でペイトンは彼にぴったり寄り添い、引きしまった平らな腹部をそっと撫でた。筋肉がぴくっと引きつるのを感じて、さらに下へと手をすべりおろすと、彼が鋭く息をのむのが聞こえた。

二人が一度もしなかったことはいろいろある。ふとペイトンはそのすべてを試してみたくなった。マルコはめくるめく快感を与えてくれた。今度は彼に同じことをしてあげたい。こわばったものをてのひらで包み、ゆっくりと上下させる。胸で彼の胸をくすぐるようにして体をすべりおろしていき、上掛けの下にもぐりこむ。

くぐもった彼のうめき声が興奮をさらにかきたてた。さっき彼がもたらしてくれた快感のお返しができて、ペイトンはうれしかった。手と口で愛撫しながら彼女はあふれんばかりの愛を感じた。

彼を愛している。心の底から愛している。


翌朝、食事をすませたあと、マルコがすてきな計画があると子供たちの前で打ち明けた。

「今日は特別な場所を訪れようと思っている。ここにいるのもあと二、三日だけど、〝青の洞窟〟を見ずに帰ることはできない」

青の洞窟。ゆうべの行為を思い出し、ペイトンの頬がぽっと染まった。この先、カプリの有名な洞窟の名を耳にするたびに、まったく別のことが頭に浮かぶだろう。

ほとんどの観光客はわざわざ救命胴着をつけなかったが、洞窟の前でモーターボートから手漕《こ》ぎボートに移るとき、マルコは双子につけさせた。

どうせ誇大広告だろうとペイトンはたかをくっていた。ところが、ボートが洞窟の小さな入口を抜けると同時に、鮮やかな青い光に包まれた。洞窟内は透きとおった水の下から照らされたような不思議な青い光に満ちている。

これまで目にしたどんな光景とも似ても似つかない。鮮烈な青さにペイトンは息をのんだ。

洞窟内では誰も口をきかなかった。大聖堂のなかのような厳かな静けさのなかで、誰ひとりそれを破る気にはなれないようだ。

モーターボートに戻るや、ジアとリヴィアが真っ青な水や不思議な青い光についてわれ先にしゃべりだした。「宇宙にいるみたいだったわ」目を大きく見開き、両手をふわふわと泳がせながらジアが言う。大げさな身ぶりを交えた陽気なしゃべり方は、生粋のイタリアっ子のようだ。

小旅行を終えたときには正午過ぎになり、マルコの提案で評判のピザ専門店で昼食をとることにした。店は込んでいたが、並んで待つ必要のないマルコのおかげで、四人はすぐに席を確保し、縞《しま》柄の日除《よ》けの下でピザを食べた。

別荘に戻る途中、マルコはちょっと買い物があるからと、タクシーの運転手にコンビニエンスストアに寄るよう頼んだ。別荘に着いてから、彼は紙袋の中身をペイトンにのぞかせた。

コンドーム。しかも一ダースも。「いちかばちかの危険は冒さないってわけね」ペイトンはからかった。

「ああ。ゆうべはすばらしかったけど、充分ではなかった」

その晩、子供たちを寝かしつけると、マルコはワインのボトルとグラスを二つ手にして、ペイトンを寝室に誘った。

予備行為もほとんどなく、もはや話しあう必要もなかった。マルコがキスを迫り、服を脱がせ、胸をてのひらで包んだとき、ペイトンは彼のあせる気持ちを汲《く》みとった。

「一日中、きみに触れたいと、そればかり考えていた」マルコの声がかすれている。彼は頭を下げて胸のふくらみに唇を寄せた。頂を口に含み、舌先でゆっくり円を描く。

ペイトンは彼の肩のくぼみに顔をうずめ、悩ましげなうめき声をもらした。彼の愛撫に狂おしいほどの興奮をかきたてられたが、体の芯《しん》の空っぽな感じは満たされなかった。

「なぜこれほどまでにあなたを求めることができるのかしら？」

「同じくらいぼくがきみを欲しがっているのがわかっているからだよ」

マルコは彼女のなかに身を沈め、荒々しく性急な動きを始めた。二人は一気に絶頂に達したが、まだ飽き足らなかった。

「これに飽きることはないでしょうね。こんなふうに感じることって、この世に二つとないわね」マルコの胸に頬を寄せてペイトンはため息をついた。

「まったく。すばらしいなんてものじゃない。まさに驚異だよ」


次の日も同じように過ぎていった。昼間は子供たちと泳いだり遊んだりして過ごし、夜の半分は愛の行為に費やす。その過程でお互いへの理解を深め、子供たちとデザインへの情熱以外にもいろいろな共通点があることがわかってきた。

二人はからかうように戯れ、絶えず体のどこかを接触させていた。プールではわざとぶつかって肌の感触を楽しみ、テーブルの下では膝を触れ、歩くときは手をつなぐ。

ペイトンはハネムーンを楽しむ新婚の妻になった気がした。

カプリでの最後の晩、二人は遅くまで起きていた。テラスで心地よい風に吹かれ、月光に照らされた夜の海を眺める。

それから室内に戻るとマルコの寝室へ行き、無言のまま服を脱いで静かに愛しあった。島での最後の晩だった。一秒一秒が深い意味をおび、心に強く訴えかけてくる。

愛の行為もそれまでとは違っていた。二人は相手に対する新たな慰めを見いだした。二人の体は本能的に反応した。互いに相手が何を好み、何を欲しているかわかっていた。

マルコはペイトンがあまりにも早く上りつめないよう、わざとリズムを変えて彼女が解き放たれるのを遅らせた。この夜を終わらせたくなかった。この一週間で知った親密な交わりや幸福感を失いたくなかった。

だが、引き延ばすにも限度がある。ふたたびリズムを戻して快感を呼び起こしたとき、マルコは自分自身が爆発寸前に達しているのを感じ、ペイトンのなかに深々と身を沈めた。彼女の手が腕をぎゅっとつかんでいる。マルコは彼女の口を自分の口でおおい、エクスタシーの叫び声をのみこんだ。

いつもこんなふうだったら。終わったあとの余韻に浸りながらマルコは思った。こういう瞬間が、平安を感じる瞬間がもっとあったら。

「あなたって本当に上手ね」ペイトンがかすれた声でささやき、くしゃくしゃになった彼の髪に指をからませた。

彼女の肌はまだほてり、かすかに汗ばんでいる。その感触やにおいがマルコを魅了した。

「美しい人《ベッラ》。ぼくの美しい恋人《ミア・ベッラ・アモーレ》」彼女にキスしてささやく。それから彼女を反転させ、顔が見えるよう仰向けにさせた。「つまり、すばらしかったってことかい？」

「それはもう」ペイトンはにっこりし、彼の口元にできたしわの一本を指先でたどった。「あなたはすばらしい一週間をくれたわ。そして申し分のない夜を。これほど満ち足りた気持ちになったのは生まれて初めてよ」

マルコも同じ気持ちだった。「カプリには不思議な力があると言っただろう」

「そのとおりね。ここに着いたとき、わたしは神経をとがらせていたし、不安で仕方なかった」指が彼の顔の上を優しくさまよう。「今はもうそんなふうに感じていないわ。勇気がみなぎっていて、怖いものは何もないって感じ」

マルコの胸がうずいた。彼女は恐れていないかもしれないが、彼は怖かった。彼女を失うかと思うと耐えられない。「結婚してくれ」

ペイトンは目をしばたたいた。何も言わずに彼を見つめるばかりだ。

「ぼくと結婚してほしい。アメリカに帰らないでくれ」マルコは懇願した。「そうできない理由はないはずだ。子供たちにとってそれがいちばんだし、ぼくたちにとっても。この先数カ月、きみにはぼくが必要だ、ペイトン。きみのそばにいたいんだ」

「マルコ、わたしたちは以前同じことをしたわ」

「だから?」彼はシーツを押しやり、両腕で体を支えて彼女の上にゆっくり身を重ねた。

ペイトンが彼の胸を両手で押そうとする。「うまくいかなかったじゃない」

マルコは彼女の腿のあいだに膝を割りこませ、脚を開かせた。「うまくいかなかったのは、二人とも精神的に大人になりきっていなかったからだ。今はあのころよりずっと大人になった。子供たちの幸せが何より大事だとわかっている。今のあの子たちには、ぼくたちが一緒になることがこれまでよりさらに必要になる」

マルコが体をずらし、唇を重ねると、ペイトンは快感のうねりが押し寄せるのを感じた。

かつて夢に見たものだ。イタリアへ来て、古代ローマの遺跡や偉大な芸術を見て……。

彼がなかに入ってきた瞬間、ペイトンは歓喜の声をあげそうになった。

「それに」彼女のなかに身を沈め、マルコは言い添えた。「今回は愛が味方になってくれる」

翌朝、一行はアナカプリからヘリコプターでナポリへ飛び、専用機でミラノへ戻った。

地上の楽園のようなカプリ島で過ごしたあとだけに、ミラノの空気はむっとして重苦しく感じられた。街はずれにあるマルコの屋敷に着くと、お抱え運転手が荷物を邸内に運び入れた。

さっそく遊ぼうと子供たちが一目散に駆けていく。玄関広間に入ったとき、マルコがペイトンの手をつかんだ。

「返事をまだもらっていない」低い声がいちだんと低くなる。

彼の緊張と抑えた情熱をペイトンは感じた。その黒い目に見つめられ、あらためて彼に激しく魅了されている自分を感じる。

マルコと一緒にいると幻想の世界にいる気がする。でも、彼の思いやりや強さは幻想ではなく、本物だ。彼女の健康が危険にさらされている今、彼は自ら行動に出て、みんなのために万事うまくいくようとりはからっているのだ。

マルコが頭を下げてそっとキスすると、彼女は心臓が飛びはねるのを感じた。「結婚してくれ、ペイトン」

「マルコ――」

「ノーという返事は聞きたくない。ええ、マルコ、結婚するわと言ってくれ。週末に結婚すると言ってくれ」

ああ、どうしよう。マルコ・ダンジェロの辞書にノーという言葉はないのだ。ペイトンは彼の首に両腕を投げ、心をこめてキスをした。「ええ、マルコ、週末にあなたと結婚するわ」

もう一度盛大な式を挙げるわけにはいかないし、二人ともそんな気はなかった。ダンジェロのサロンからさほど遠くない場所にある、七百年前に建てられたサンタ・マリア・デル・カルミネ教会でごく内輪の式を挙げようとマルコが提案した。実際、彼は親族をひとりも招かず、ジアとリヴィアだけが立ち会うことになった。

当日の朝、マルコがペイトンの寝室のドアをノックした。正式に結婚するまで寝室は別にしておこうと彼が主張したのだ。白いシルクのローブ姿でペイトンはドアを開けた。

「きみにプレゼントがある」ドアに寄りかかってマルコが言った。

ペイトンは黒いタキシードと白い蝶《ちょう》ネクタイを身につけたマルコを見つめた。「黒い蝶ネクタイじゃなかったの？　略装にするのかと思ったわ」

「いや」

「でも内輪の式でしょう。わたしたちだけの――」

「ああ。それでも格別なものだ」マルコの黒い目が彼女の青い目をとらえる。「とりわけ、ぼくにとっては。もう一度やり直すチャンスを持てたことがうれしいんだ。きちんと修正できるチャンスを持てたことが」

熱い塊がペイトンの喉をふさいだ。「わたしもよ」たとえ自分の結婚式でも今日は泣くのをやめよう。ペイトンはまばたきして涙をこらえた。「もっとふさわしいドレスを持っていたらと思うわ。あなたはすごくすてきよ、マルコ。モデルみたい」

「きみの衣装だんすには上品なドレスがかかっているに違いない。きみはファッションの専門家なんだから、ペイトン」マルコはかがんで彼女にキスをし、首筋をそっと撫でた。

「なんといっても、カルヴァンティの有望株だからね」

彼はからかっているのだ。ペイトンは笑い声をあげた。彼の声に含まれた温かい響きが、挙式用の華麗なドレスを持っていないことへの失望感を充分埋めあわせてくれた。「何かプレゼントがあると言ったわね？」

「式の前の心境は？」

高鳴った胸がふたたび沈みこんだ。ペイトンはまじまじと彼を見つめた。「最悪よ」ぶっきらぼうに言う。「とくにこの土壇場になって」

いらだたしげなペイトンの表情を見て、マルコは笑った。「よし。きみのクローゼットの奥をのぞいてごらん」

ペイトンはクローゼットをひっかきまわし、大きなガーメントバッグを見つけた。それはデザイナーがオートクチュール・ドレス用に使うバッグだった。「いったいこれは?」

「なんだと思う?」

「ドレス」

「当たり。きみはとてもお利口だ」

目頭が熱くなり、ペイトンはまばたきした。どうして彼はこの期に及んで泣かせるようなまねをするの。ドレスはつねに身近にあるけれど、それは生活の手段として作っているまでだ。マルコからプレゼントされたドレスは特別な意味がある。これまで彼にデザインしてもらったことは一度もない。

ペイトンはガーメントバッグをベッドの上に置き、震える手でファスナーを開けた。白いドレスの身ごろには無数の真珠がちりばめられていた。ふわっとしたスカートは泡のようなシルクオーガンジーでできている。バッグからドレスをとりだすと、その下には燃えるような朱色のペチコートが入っていた。

「白はきみを美しく見せるけれど、それより炎のほうがきみにはぴったりだと思って」

マルコの静かな声にペイトンは感きわまり、ドレスを抱きしめて泣きだした。「子供のころから、ドレスを作ってもらったことなんてなかった」とめどなく涙があふれだす。

「ああ、マルコ、なんてきれいなの」

マルコは彼女に近づき、頬を伝う涙をそっとぬぐった。「カプリでデザインしたんだ。一週間、お針子たちに昼夜をかまわず作らせた」

「でも、わたしが結婚を承諾したのは、ほんの数日前よ！」

「あきらめる気はなかった。きみがイエスと言うまで粘るつもりだった」

フレスコ画が描《か》かれた円天井の下でろうそくの柔らかな光に包まれ、マルコとペイトンは結婚の誓いをし、指輪の交換をした。ステンドグラスの窓からさしこむ午後の日差しが壁に色模様を描き、白いエプロンドレスに赤いサッシュをつけた子供たちを照らしている。

二人もかわいいけれど、ペイトンはまばゆいばかりに光り輝いているとマルコは思った。ぴったりした身ごろが上品な肩ときめ細かな肌をあらわにし、長い赤毛が背中でゆるやかに波打っている。朱色のシルクをおおう白い半透明のオーガンジーが、ペイトンの個性を際立たせている。甘さとスパイス。繊細さと激しさ。

式が終わると、四人は内輪のパーティ会場に向かった。街の中心にある高級レストランにテーブルを予約してあった。到着したとき、十数人の招待客が新郎新婦を待ち受けていた。

デザイナーやカメラマン、芸術家といったマルコの仕事仲間や友人たちで、みんな拍手喝采《かっさい》で二人を迎えた。

子供たちは一時間だけ同席したあと、ピエトラが屋敷に連れ帰ることになっていた。マルコに抱かれてみんなの注目を浴びるのを二人は楽しんでいる。客が次々にペイトンと双子におめでとうを言い、お祝いのキスをする。

ほどなくシャンパンが開けられた。祝杯は何度も繰り返され、そのたびに少しずつ乾杯の挨拶《あいさつ》が長くなり、陽気になっていく。

乾杯が終わると、マルコはペイトンの視線をとらえてほほ笑みかけた。ろうそくの明かりを受けてラテン系の高い頬骨が紅潮している。彼は心の底から喜んでいるようだとペイトンは思った。彼自身のデザインによるタキシードは体にぴったり合っている。何人かの男性客もタキシードを着ていたが、鎧《よろい》をつけているみたいで着心地が悪そうだ。マルコの黒い上着は広い肩とたくましい胸の線にぴったりしている。

パーティが終わりに近づいたころ、マルコがペイトンのそばに戻ってきた。黒い目が彼女をじっと見つめる。「後悔しているかい?」

ペイトンは笑い声をあげ、爪先立って彼にキスをした。「ちっとも」

12

屋敷に泊まってくれるピエトラに双子を託し、マルコとペイトンはミラノの最高級ホテル、フォー・シーズンズで結婚式の夜を過ごす予定だった。かつては男子の修道院だった建物をホテルに改装したフォー・シーズンズは、ファッション地区の中央に位置し、マルコの店とは目と鼻の先だ。

客室に入るやマルコはペイトンを引き寄せ、もどかしげにドレスを脱がせた。レースのガーターベルトとシルクのストッキングだけになった彼女を抱きあげ、ベッドに運ぶ。

性急で激しく燃えるような愛の行為だった。ドアをノックする音がしたとき、二人はまだ息を切らしていた。

「お部屋係です」ドアの向こうから声がする。

甘美な余韻に浸っていたペイトンはマルコに顔を向けた。「〝起こさないで〟の札をドアにかけておかなかったの？」

「かけておいたよ」マルコは上体を起こし、ドアに向かって叫んだ。「別に用はない」

一瞬静かになり、それから紙のかさかさいう音がした。大型のマニラ封筒がドアの下のすきまからさしこまれた。

マルコは憤慨し、悪態をついた。「信じられない。今夜は誰もこの部屋に近づけないようにと言ってあるのに」

「ここにいて。わたしがとってくるわ」白いガーターベルト以外は生まれたままの姿でペイトンはベッドを離れた。「あなた宛《あて》よ」シーツがしわくちゃになったベッドのまんなかに戻ってきた彼女はマルコに封筒を渡し、隣に座った。赤い髪が汗ばんだ肩にたれる。

マルコは封筒に目もくれようとしない。白いガーターベルトだけのペイトンの裸身はあまりにも魅惑的だ。

彼は封筒を床にほうり、彼女を引き寄せて、レースのガーターベルトの下に指をすべりこませた。彼が頭を下げて固くとがった胸の頂を口に含むと、ペイトンは息をのんだ。

彼はそれを舌で転がし、固いつぼみに軽く歯を立てた。欲望が突きあげてくるのを感じ、ペイトンは悩ましげに腰をくねらせた。

二人はふたたび愛を交わしたが、さっきよりずっとゆるやかで、互いにこらえきれなくなるまで快感を解き放つのを引き延ばした。

そのあと二人は眠りに落ちた。手と口がもたらすなんとも言えない心地よさにペイトンは身じろぎし、夢うつつで目を覚ました。それは夢ではなく、現実にマルコの手と口がもたらしているのだと気づき、体を離そうとした。

「だめよ」またしても官能を刺激されている自分にいくらかショックをおぼえながらも、ペイトンはたしなめた。

「ぼくには用心しろよ」マルコは上掛けを頭の上まで引っ張りあげ、テクニックに長《た》けた手と舌でさらに彼女を恍惚《こうこつ》とさせた。

やがてペイトンがシャワー室に入ったときには、数時間もたったように思えた。シャンプーの容器を手にとる前に、頭をのけぞらせてしばらく熱い湯に打たれる。

体は活気づき、狂おしく脈打っている。

マルコは彼女を徹底的に愛した。今もペイトンは自分のなかに彼のものを感じるし、いたるところに彼の手のあとを感じる。数時間にわたる自由奔放な愛の行為に十二分に満たされ、少しばかり腿のつけ根がうずいている。

こんなふうに愛の行為を楽しめるとは思ってもみなかったけれど、マルコといるとすべてが自然に感じられる。

特大のタオルを体に巻きつけてガラス張りのシャワー室を出たとき、マルコが呼んでいる声がした。ペイトンは別のタオルで濡《ぬ》れた髪を包んでドアを開けた。「え?」

ルームサービスにコーヒーと焼きたてのロールパンを届けさせたのかもしれないと思ったが、トレイもワゴンも見当たらない。代わりに目にしたのは、部屋のまんなかに立って手にした書類を見ているマルコの姿だった。

「いったいどういうことなんだ?」彼は詰問口調できいた。

ペイトンはタオルをターバンのように頭に巻き直し、換気扇のスイッチを切った。「今なんて言ったの?」

マルコは顔を上げ、ペイトンを見つめた。頭と体にタオルを巻きつけた姿は生気にあふれている。彼は胸がむかつくのをおぼえた。

そんなはずはない。

こんな大事なことを彼女がぼくに隠しているわけがない。

口のなかに苦く冷たい金属の味が広がる。マルコは吐きそうになった。ふいに過去がよみがえり、あのときのことが生々しく脳裏に浮かぶ。ペイトンが妊娠したと知らされたときのショック、マリリーナとの決別、突然の方向転換。

人生がもはや自分の人生ではないと気づいたときのことを彼は決して忘れていなかった。彼女がそう仕向けたことを忘れていなかった。

選択肢はかぎられている。選択の余地はないも同然だ。

あのときと同じように、彼女はまたしても策を弄《ろう》したのだ。

「マルコ、顔色が悪いわ」

ペイトンが裸足《はだし》のまま近づいてきた。その純真無垢《むく》な表情がマルコの胸を熱く焦がす。

「気分が悪いんだ」

「吐き気がするってこと？　何か食べたの？」

「いや」

ゆうべ、彼の腰の上にのっていたペイトンの姿が急にまぶたの裏に浮かんだ。なめらかな肩とミルクのように白い肌のまわりで燃える長い赤毛が波打っていた。

彼女が前かがみになってキスしてきたときのにおいが思い出される。彼女は愛とセックスのにおいがした。広告写真の撮影に協力した例の新作の香水を彼女はつけていた。ほてった肌から漂う香水と彼女自身の香り、胸をくすぐる巻き毛、揺れる胸……。

男心をまどわす魔性の女。だましの名人。

「マルコ、何か言って。どうしたの？」

マルコは誰か大切な人を亡くしたような気がした。悲劇的な知らせを受けた気がした。こんな……こんなことがまた起こるはずがない。

「マルコ」

「悪性の細胞はなかった」

「なんですって？」

邪気のない顔をしているが、それは見せかけにすぎないのだ。

マルコは顎を食いしばり、苦々しい思いで奥歯を噛《か》みしめた。「生体組織検査の結果はマイナスだった。きみは病気ではない」

抱きしめようとするようにペイトンは両手をさしだし、彼に近づいていった。「まあ、マルコ、なんてすばらしいの！　本当なのね？」

「言うまでもないだろう、ペイトン。きみは大した役者だ」マルコの冷ややかな声に、実際、彼女は体を切り裂かれた。

ペイトンはぴたりと足を止めた。全身がしびれている。「何を言っているの？」

「きみはこのことをちゃんと知っていたんだろう。カプリに行く前に報告を受けたのに、ぼくに隠していたんだ」

「まさか」

「健康に問題はないと、きみは結婚する前に知っていた。いい加減、認めろよ」

「してもいないことを認めるなんて、できるわけがないでしょう！」胸の鼓動が速くなり、手足が氷のように冷たくなる。どういうことなのかさっぱりわからない。頭は回転していても、空まわりしているだけで、事実を理解するのは不可能に思えた。「封筒の中身はなんだったの？」

「きみの検査報告書だ」

「見せてくれない？」

彼は苦々しげな笑い声をあげた。「どうして？　内容はもう知っているだろう。研究所のミス、人的ミスだよ。彼らが見たのはきみのレントゲン写真ではなかった」

脚の力が抜け、ペイトンはその場にくずおれそうになった。「すべて間違いだったと？」

「ああ、とんでもない間違いだった」マルコはさっと背を向け、ボクサーショーツとズボンをすばやく身につけた。

ペイトンも急いで服を着ようとした。「どこへ行くの、マルコ？」

「わからない。ここから出ていきたいだけだ」

「マルコ、わたしは何も知らなかったのよ。信じて。本当に――」

「嘘《うそ》をつくな」マルコはベッドに置かれた書類をつかんだ。「これを読んでみろ。五月三十一日、ペイトン・スミス・ダンジェロに電話にて報告。六月一日、患者より電話、報告書のコピーを要求――」

「わたしは電話してないわ」

「三番目のメモがある」彼女の反論にもかまわず、マルコは続けた。「書類一式をミラノに速達便で送付、受け取りの署名ずみ」彼は怒りに燃える目でペイトンを見据えた。「きみの狙《ねら》いはなんだ、ペイトン。なぜこんな茶番を演じる必要がある？」

ペイトンは言うべき言葉が見つからなかった。彼はわたしを信じていない。わたしが言うことに耳を貸そうともしない。信頼していないのに、どうしてわたしを愛することができるの？

マルコがニットシャツを頭からかぶり、靴に足を突っこむのを、ペイトンは見つめていた。

今彼が出ていったら、二度ともとどおりにならないのはわかっている。またしても心がこなごなにされるだろう。「お願い、マルコ、行かないで。わたしを置いていかないで」彼女の声に慟哭《どうこく》の叫びを聞きとったが、マルコは心を動かされなかった。心が麻痺《まひ》して何も感じなかった。

「彼女にこんなまねさせないで」ペイトンは彼を追ってドアに向かった。

ドアノブに手をかけたままマルコはその場に凍りついた。「彼女?」

「彼女でも彼でも、誰でもいいわ」自制心を失いかけ、ペイトンは感情もあらわに叫んだ。「だいたい、誰がこんなことをするかしら。結婚式の晩に誰がこんなまねをするの? 考えてみて、マルコ。わたしたちが一緒になるのを望まない人がいて、あなたを傷つけようとしているのよ。わたしたちを傷つけようとしているのよ」

彼女の言うことにも一理あると心の奥ではマルコにもわかっていた。誰かがこの情報を手に入れ、それを封筒に入れて彼宛にし、ホテルの新婚用スイートに届けさせたのだ。だが、たとえそうだとしても事実は変わらない。ペイトンは彼に対して正直ではなかった。ずっと偽ってきたのだ。

頭が混乱し、胸がむかつく。ゆうべは人生でもっとも幸せなときだった。それなのに……。いったい何がどうなってるんだ？

ペイトンは残酷なのか、頭がどうかしているのかどちらかだ。彼女は明らかに助けを必要としていた。それなのに、どうしてこんなまねができるんだ、子供たちに対して？　ぼくたちみんなに対して？　癌《がん》は冗談ではすまされないことだ。化学療法に関する話や美容院に予約したことを思い出し、マルコは身震いした。またしても胸がむかつき、吐き気をもよおす。

正気の女性が自分の家族をこんな目にあわせるだろうか？　正気の女性が子供たちや夫を翻弄したりするだろうか？

「お願い、マルコ、わたしも連れていって」ペイトンの声が震えている。「話しあえば、きっと解決できるわ」

「解決する気はない」今はただここから逃げだしたいだけだ。彼女と同じ部屋にいるのは耐えられない。彼女の姿を見るのも、声を聞くのも耐えられない。

出ていくマルコをペイトンは見つめていた。無意識に片手をみぞおちに当てる。いったい何が起こったの？

人生で最高の日が、なぜ悪夢に変わってしまったの？

どうしたらいいかわからない。二人はホテルで週末を過ごす予定だった。短いハネムーンだが、カプリで一週間過ごしたあとなのでマルコは仕事に戻らなければならないし、自分はミラノの専門医に会いたいと思っていた。

ベッドに置かれた公式書簡と思われる手紙をペイトンは手にとった。レターヘッドは紺色の隆起印刷で、サンフランシスコの腫瘍《しゅよう》学研究所の所長の名が記されていた。

手紙には、ちんぷんかんぷんの医学用語や謝罪の言葉が書きつらねてあったが、要は生体組織検査の結果は異状なく、癌ではないということだ。研究所の助手がうっかり彼女のレントゲン写真をほかの患者のものととり違えたらしい。

ペイトンは手紙を膝に置き、顔を上げた。これはすばらしい知らせのはずだったのに。お祝い気分になっているはずだったのに。マルコは行ってしまい、二人の結婚式の夜は台なしになった。

日曜日の早朝だった。マルコには行く当てがなかった。屋敷に帰ることもできるが、今子供たちと顔を合わせても自分を抑えられるかどうか自信がない。二人はペイトンを思い出させる。ペイトンのことを考えるのは耐えがたい。

なぜ彼女はこんなまねをしたのだろう。誤診だったとわかったのに、なぜ黙っていたんだ。なぜ病気のふりを続けたのか?

当惑が新たな怒りへと変わった。ごたごたはもうたくさんだ。それでなくても、コレクションの準備や大きな事業を運営することからくるプレッシャーで疲れているというのに。

このままペイトンの思いどおりにさせる気はない。事態の重大さに彼女が気づく前に、早急に離婚の手続きをとらなければ。というより、親権に関する書類を彼女に送りつけよう。

単独の親権。

裁判所命令を得て、子供たちを正式に引きとりたい。ペイトンはなんでも好きなことをすればいい。カリフォルニアへ戻ろうと、ミラノにアパートメントを借りようと、タヒチに引っ越そうと、どうでもかまわない。

いったん走りだしたら、車を止めることはできなかった。ハンドルを握っているかぎり、怒りをこらえ、自制心を保っていられる。マルコは高速道路に乗り、湖水地方までひたすら車を走らせつづけた。コモ湖で高速を降りて、ガソリンを満タンにし、夕食をとる。夕食のあとミラノへ引き返し、屋敷に着いたのは深夜に近い時間だった。長時間の運転と睡眠不足でくたくただ。

車庫に車を入れ、マルコは石段を上って暗い邸内に入った。

ピエトラが玄関広間に現れた。「こんばんは《チャオ》」眠そうな声をしている。

マルコはむっつりした顔でうなずいた。

ピエトラは目にかかった髪を払いのけた。「すべて順調にいってます?」

マルコはごまかそうかとも思ったが、そんな気力はなかった。「あまりよくない《ノン・ベーネ》」

「今夜も泊まりましょうか？」ピエトラが心配そうにきく。

「頼むよ《ペル・ファヴォーレ》。ありがとう《グラッツィエ》」マルコは階段の下で足を止めた。「ペイトン――」その名前を口にするのもうとましい。「彼女は帰っているのか？」

「いいえ」

マルコはうなずき、階段を上がっていった。子供部屋は小さな常夜灯にほんのり照らされ、双子がベッドでぐっすり眠っている。

彼はドアの枠にもたれた。すべてがふだんと変わりなく見える。リヴィアは上掛けの下で丸くなり、ジアは上掛けの上で丸くなっている。眠っているあいだ、ジアは転げまわるけれど、リヴィアはあまり動かない。

胸に熱いものがこみあげてきた。このままずっと子供たちを手元に置いておきたい。二人のいない生活など、もはや考えられるわけがない。またしても二人を失うなんて、耐えられるわけがないじゃないか。

マルコは目をしばたたき、まぶたに腕を押しあてた。いまいましい《マレデイツィオーネ》！　どうしてこんなふうになったんだ。何もかもうまくいっている気がしたのに。

口まで出かかった悪態をのみこみ、マルコはジアを慎重に抱きあげ、羽毛布団をはいでその下にそっとすべりこませた。

布団をかけ直したとき、ジアが身じろぎし、目を開けた。「パパ」

「やあ《チャオ》、ぼくのおちびさん《ミア・バンビーナ》」彼は額を優しく撫《な》で、顔にかかる黒い巻き毛を払いのけてやった。

「ママは?」

拳《こぶし》ほどの大きさの塊に喉をふさがれ、マルコは高ぶる感情を懸命に抑えた。「ちょっと用事があるんだ」

「ママに会いたい」

「ママも会いたがっているよ」

「ママはおやすみを言いに来てくれる?」

「すぐに」

「よかった」ジアは満足そうにほほ笑んだ。「キスは?」

マルコはかがんで優しくキスをした。

「すぐに来てとママに言って」

まぶたの奥がじんと熱くなる。どうしたらこの子たちを傷つけずにすむだろう?

マルコは子供部屋のドアを閉め、いっとき廊下に立ちつくした。どうしたらいいんだ? どうすべきなんだ?

ペイトンに腹を立てていたが、彼女を憎んでいるわけではない。子供たちにとって彼女がいい母親なのはわかっている。だが、夫に対して彼女は不正直だった。

遠くで電話の鳴る音がした。とっさにペイトンに違いないと思い、彼は急いで自室に向かった。

「マルコ」ペイトンではなく、マリリーナだった。ぼくが屋敷に戻っているのをなぜ彼女は知っているんだ？

「遅いな」そっけない口調になる。

「コーヒーを飲みにいらっしゃらない？」プリンセスの声はいつもと変わらず穏やかだった。

「真夜中だ、マリリーナ」

「真夜中にコーヒーを飲んだことは何度もあったでしょう」

だがそれはぼくのハネムーン中のことではない。「長い一日だったんだ」

「じゃあ、わたしがそっちへ行くわ」

「マリリーナ――」

「彼女がここにいるのよ、マルコ」声が急に低くなった。「どうしたらいいかわからないの」

「ペイトンが？」

「マルコ、彼女はひどく動揺しているわ。具合が悪そうだし――」

「彼女は病気ではない」マルコは辛辣《しんらつ》な口調でさえぎった。そのことをマリリーナに告げなければならないのは屈辱的だった。こともあろうにマリリーナのところへ行くとは。彼女を巻きこんだペイトンが恨めしい。

「知っているわ」マリリーナが静かに答えた。「ずっと知っていたの」ゆっくり息を吸いこむ。「長い話になるの、マルコ。ここへ来てくれる？　それとも、わたしたちがそっちへ行くべきかしら？」

二十分後、終夜営業のカフェで落ちあったとき、マリリーナはひとりだった。「彼女は一緒じゃなかったのか？」椅子を引きながらマルコは尋ねた。

「ええ。わたしが出かけるときに帰っていったわ。車がないので歩いて」

マルコは胃がねじれるのを感じた。こんな時間にペイトンがひとりで歩いているかと思うとたまらない。大きな街で深夜の女性のひとり歩きは危険すぎる。「行き先を知っているか？」

マリリーナは肩をすくめた。「彼女は動揺していたわ。わかっているのはそれだけよ」

コーヒーを注文すると、マリリーナはたばこをとりだして火をつけた。

「数年前に禁煙したと思っていた」マルコは前かがみになり、テーブルの縁に肘をついた。

「ええ。でも今夜はどうしてもこれが必要なの」彼女はたばこをひとふかしした。「で、どこから始めるべきかしら？」

「ペイトンがまたしてもぼくをだまして結婚したところから」

プリンセスはゆっくり紫煙を吐きだした。「始めるにはふさわしいわね」エスプレッソのカップを手にとり、ひと口味わう。「でも、間違っているわ」

マルコは胃のなかの塊が倍の大きさになるのを感じた。笑いとも軽蔑《けいべつ》ともつかないかすれた音が喉からもれる。「それで?」

「結局、できなかった」マリリーナは完璧《かんぺき》なポーズでたばこを手にしていた。「できると思っていたのに。嫉妬《しっと》は魅力的なものじゃないわね。とくにある年齢の女性にとっては。でも、わたしは嫉妬していたの。今でも」

マルコは席を立って出ていきたかった。こんな話を聞きたいわけではない。

「話はごく単純なのよ」マリリーナは赤いアルミニウムの灰皿にたばこの灰を落とした。「十日ほど前、あなたの家にいるとき、サンフランシスコのドクターから電話がかかってきたの。ペイトンは子供たちと庭にいたわ。あなたはまだ昼食に戻ってきていなかった」彼女は唇をすぼめた。「だからわたしが電話に出たの。身内だと言ったら、ドクターはわたしに話してくれた。わたしはお礼を言って、必ず彼女に伝えると約束したわ」

彼は頭から冷水を浴びせられた気がした。「きみは知っていたのか」

「でも彼女には伝えなかった」マリリーナはたばこを持ちあげ、深々と吸った。「秘密にして、武器にしたの——必要になった場合にそなえて」

そしてきみはそれを使った。「検査報告書は?」

マリリーナは小さな煙の輪を吐きだした。「次の日、ドクターに電話してコピーを送ってほしいと頼んだわ」

「ドアの下に報告書を入れたのはきみなんだな」

「そのとおりよ」いきなりマリリーナはたばこを灰皿に押しつけ、燃えさしをぐしゃぐしゃにつぶした。「わたしはあなたを愛していたわ、マルコ。誰よりも愛していた。だから、汚い行為を隠しとおせなかったのかも」

マルコはテーブルから椅子を押しやった。ペイトンを誤解していた。彼女をさんざん侮辱してしまった。

「何よりこたえたのは」マリリーナは続けた。「今日、家に来たとき、ペイトンがわたしを責めなかったことよ。恨みひとつ口にしなかった。力になってほしいと言われただけ」彼女は椅子の背に寄りかかり、首を振った。「このわたしに彼女は助けを求めたのよ」

13

屋敷に戻るあいだ、マルコはほとんど運転に集中できなかった。視界がぼやけ、頭はずきずきしている。マネキン人形で頭を殴られたような感じだ。

ペイトンはまったく知らなかったのだ。

なんて愚かなまねをしたことか。傲慢《ごうまん》な大ばか者。たとえペイトンが許してくれなくても、彼女を責められはしない。

邸内に入り、マルコは玄関広間の明かりをつけた。ピエトラが現れたが、彼がおやすみというようにうなずくと、子守り《ナニー》は黙って自室に引き返した。

ペイトンが戻っていれば、ピエトラが黙っているはずはない。彼は階段を見上げた。ペイトンの姿はない。だが、いないのはわかりきっている。彼女が帰っていれば、察知できるはずだ。彼女のいない家はがらんとしてむなしく思える。

ベッドに横になったものの、眠りは訪れなかった。二時間ほどたったころ、マルコは起きあがって窓辺に歩み寄った。夜明けが近い。通りは閑散として車一台走っていない。空が白々としてきた。まもなく日が昇るだろう。

もし彼女の身に何かあったら、子供たちは途方に暮れるに違いない。ペイトンはあの子たちの世界の中心にいる。二人は小さな惑星で、彼女は二人を照らし、はぐくむ太陽だ。

彼女を敬愛しているのは子供たちだけではないとマルコは思った。

ペイトンを悩ましていた癌《がん》に対する恐怖がなくなった今、二人の未来が開けたことに彼は気づいた。望みはなんでも達成できるし、どこへでも旅行できる。前途は洋々だ。

なんとしてでもペイトンに帰ってきてもらわなければ。謝罪して許しを請い、もう一度やり直したい。朝まで待って彼女が戻ってこなかったら、捜しに行こう。

シャンパンのボトルとグラスを二個用意し、マルコは広間の階段に座って彼女の帰りを待った。一時間が過ぎ、さらに一時間が経過した。まぶたが重くなり、彼はうとうとしかけた。

玄関ドアの鍵穴《かぎ》に鍵がさしこまれる音がした。

ドアが開き、何事もなかったような様子でペイトンが入ってきた。彼女はスーツケースを置き、その上にバッグをのせた。「おはよう」

「どこへ行っていたんだ?」マルコは身を乗りだして尋ねた。

「カフェの梯子《はしご》をしていたの。コーヒーを飲みすぎてしまったわ」彼女は玄関ドアを閉めた。「なぜそんなところにいるの?」

「きみを待っていた」

すっかり氷の溶けたアイスバケットにシャンパンのボトルが入っている。そばにグラスが二つ置いてあるのをペイトンは目にした。「わたしが出ていくのをお祝いしていたのかと思った」

「とんでもない」マルコはおぼつかない手つきで髪をかきあげた。寝不足で目がかすむ。「心配でたまらなかった。警察に電話しようかと思ったほどだ。もう少し待って帰ってこなかったら、捜しに行くつもりだった」

ペイトンの唇が震え、青い瞳に影がさした。「なんと言ったらいいかわからないわ、マルコ」

「何も言う必要はないよ」懇願するように彼は片手をさしだした。「ここへ来て、隣に座ってくれ」

ペイトンはしばし彼を見つめていた。さしだされた手を見つめ、それから彼の顔に視線を戻す。彼女の表情はひどく悲しげだった。「それは無理だと思うわ」

マルコは腕を下ろし、膝のあいだで両手を組みあわせた。青い渦巻き模様のついた金色の絨毯《じゅうたん》に視線を落とす。絨毯は百年以上も前からそこに敷かれている。ここで起こったさまざまな出来事を見てきたに違いない。

まぶたの奥が熱くなり、マルコはすばやくまばたきして絨毯の色あせた模様に焦点を合わせようとした。彼女が無事に帰ってきてくれて心から安堵《あんど》していた。

何よりうれしいのは、ペイトンが病気ではなく、この先もずっと健康で暮らせることだ。これまでどおり子供たちを抱きしめたり、ふざけあったり、寝かしつけたりできるのだ。

彼女が無事だったことを神に感謝したい。

たとえ彼女がとどまる道を選ばないにしても、今彼女がここにいることを神に感謝したい。

こみあげてきた涙をマルコは指でぬぐった。「なぜきみはぼくの心をこんなにかき乱すんだ?」高ぶる感情に喉が詰まり、かすれた声しか出ない。

「あなたがわたしの心をかき乱すのと同じよ」

マルコは泣くのが嫌いだった。それは男らしいことではない。これまで人前で涙を見せたことは一度もなかった。「どう謝ったらいいかわからない。本当にすまなかった。かんしゃくを起こし、大人げないふるまいをし、残酷なことを口走り、きみを置き去りにした。本当にすまなかった」彼はすばやく息を継いだ。「きみの話を聞こうともせず、きみを信じようともせず――」

「少しずつのみこめてきたわ」ペイトンは階段に近づき、彼より一段下の段に腰を下ろした。「あなたは、わたしに裏切られたと感じて高慢な人間になったことを後悔しているのね」

「でも、きみはぼくを裏切らなかった」

ペイトンはため息をつき、階段の手すりにもたれて玄関広間に視線を巡らした。天井からは青いヴェネチア・ガラスの重厚なシャンデリアがぶらさがり、壁には高価な油絵が二点飾られている。ヴェスヴィオ火山が噴火するポンペイと、二百年前のナポリを描いた絵だ。「奇妙なハネムーンね？」

かすれた声がもれた。「きみはこれをハネムーンと呼ぶのか？」

「そう思うべきでしょう。わたしたちは結婚したんだし、わたしはどこへも行くつもりはないもの」

マルコは一瞬ぽかんとなり、それから身を乗りだした。「もう一度言ってくれ」

ペイトンはわずかに振り向いた。「どこへも行くつもりはないわ」

「本当に？」

「ええ」彼を見上げてペイトンはほほ笑んだ。「わたしたちは結婚式を挙げたでしょう？　わたしは有名デザイナーのウエディングドレスを着たわよね？　わたしはここに住んでいるんでしょう？」

「ああ、ああ、そうだとも」マルコは彼女の顔を両手ではさみ、キスをした。「ぼくの奥《ミア・モッ》さん《リエ》」彼女の唇に向かってささやく。ぼくの妻。

「その言葉を忘れないでね」起こったことすべてにペイトンは圧倒されていたが、悲しみを引きずる気はなかった。人生とは浮き沈みの激しいものだ。輝かしいときもあれば、胸が張り裂けるようなつらいときもある。けれど、夢をいだき辛抱する人は、最後には報われる。

「許すと言ってくれ」彼女の頬を撫《な》でながらマルコがつぶやいた。

「許すわ」

「きみに逃げられなくて本当によかった」

「逃げようと思ったわ。あなたを心配させて、苦しめてやろうと」ペイトンの口元にかすかに笑みが浮かぶ。「でも、わたしがいたい場所はここだけだと気づいたの。たとえあなたが野蛮な行為をしたとしても、考え直すチャンスをあげるべきだと」ペイトンはまばたきして涙をこらえ、大きく息を吸いこんだ。「だからここにいるのよ」

「よかった」黒い瞳が輝いた。「なにしろ、きみに伝えたい知らせを持っているんだ」

ペイトンは体の向きを変え、彼の膝に寄りかかった。「あなたが?」

「ああ」マルコは両腕で彼女を包み、胸に引き寄せた。「サンフランシスコの病院から検査報告書が届いた。心の準備はいいかい?」芝居がかって言う。

涙がこみあげてきたが、今回はこらえきれそうになかった。「いいえ。なんなの?」ペイトンは調子を合わせた。

「きみは癌ではない!」

笑っていいのか泣いていいのかペイトンにはわからなかった。「本当に？」

「すべてはとんでもない間違いだった。きみは完璧《かんぺき》に健康だよ。ぼくにとってこれ以上うれしいことはない。祝杯をあげるべきだな」マルコはシャンパンのボトルをとり、威勢のいい音をたててコルクを飛ばした。そして泡立つシャンパンを二つのグラスにつぐ。「最高の知らせを祝して。きみの末長く幸せな人生を願って」

二人はグラスを合わせ、泡の立つ液体を口に運んだ。芳醇《ほうじゅん》なシャンパンが喉を通り、舌に残った気泡の感触をペイトンは楽しんだ。それから背筋を伸ばしてマルコにキスをした。「末長く幸せな人生になるのはたしかよ」胸が激しく高鳴っている。「あなたと一緒ならね」

●本書は2004年3月に小社より刊行された作品を文庫化したものです。

結婚の過ち
2025年2月1日発行　第1刷

著　者　ジェイン・ポーター

訳　者　村山汎子（むらやま　ひろこ）

発行人　鈴木幸辰

発行所　株式会社ハーパーコリンズ・ジャパン
東京都千代田区大手町1-5-1
04-2951-2000（注文）
0570-008091（読者サービス係）

印刷・製本　中央精版印刷株式会社

定価はカバーに表示してあります。
 ISBN978-4-596-72211-9

2月13日
発売

ハーレクイン・シリーズ 2月20日刊

ハーレクイン・ロマンス　愛の激しさを知る

記憶をなくした恋愛０日婚の花嫁　リラ・メイ・ワイト／西江璃子 訳
《純潔のシンデレラ》

すり替わった富豪と秘密の子　ミリー・アダムズ／柚野木　菫 訳
《純潔のシンデレラ》

狂おしき再会　ペニー・ジョーダン／高木晶子 訳
《伝説の名作選》

生け贄の花嫁　スザンナ・カー／柴田礼子 訳
《伝説の名作選》

ハーレクイン・イマージュ　ピュアな思いに満たされる

小さな命を隠した花嫁　クリスティン・リマー／川合りりこ 訳

恋は雨のち晴　キャサリン・ジョージ／小谷正子 訳
《至福の名作選》

ハーレクイン・マスターピース　世界に愛された作家たち ～永久不滅の銘作コレクション～

雨が連れてきた恋人　ベティ・ニールズ／深山　咲 訳
《ベティ・ニールズ・コレクション》

ハーレクイン・プレゼンツ作家シリーズ別冊　魅惑のテーマが光る極上セレクション

王に娶られたウエイトレス　リン・グレアム／相原ひろみ 訳
《リン・グレアム・ベスト・セレクション》

ハーレクイン・スペシャル・アンソロジー　小さな愛のドラマを花束にして…

溺れるほど愛は深く　シャロン・サラ他／葉月悦子他 訳
《スター作家傑作選》